당신의 안녕

당신의 멈춘 시간에 안녕을 건네는
문수진의 단편소설집

# 당신의 안녕

저자 문수진    그림 정근아

건율원 문학시리즈 01

| | |
|---|---|
| **뽐뿌** | 09 |
| **마당 깊은 집** | 51 |
| **잠시 주차 중** | 87 |
| **월요일 오후 3시** | 115 |
| **당신의 안녕** | 147 |
| **나를 깨워줘** | 181 |
| **완벽한 애도** | 217 |
| **가려진 말** | 245 |
| 작가의 말 | 276 |

뻠뿌

같은 행동을 반복하면서
다른 결과가 일어나기를 바라는 것은 미친 짓이다.

- 아인슈타인 -

일요일 아침, 남편이 운전하는 차를 타고 친정으로 내려가던 중이었다. 제주시에서 평화로를 타고 한참을 달리다 보면 산방산이 보인다. 산방산이 보이면, 집이 가까워졌다는 말이고, 그때부터 이상하게 기분이 들뜬다. 어린 시절을 떠올리면 산방산이 절로 따라왔다.

"그게 뭔데?"

"몰라요. 그냥 산방산을 보면 마음이 편해. 산방산 근처에서 정말 많이 놀았는데, 삼동 따먹으면서. 아, 그때 삼동 정말 맛있었는데."

"삼동이 뭐야?"

"삼동 몰라요? 검고 작은 열맨데, 새콤달콤하고 맛있어요."

"처음 듣는데. 역시 시골 출신이라 다르네."

뭐지? 이 반응은?

순간, 욱하고 뭔가 올라오는 걸 꾹 누르며 되물었다.

"당신은 어렸을 때 별명이 뭐였어요?"

남편이 무심하게 대답했다.

"별명? 없었어."

"정말? 어떻게 별명이 없을 수가 있어요? 혹시 있었는데, 당신만 몰랐던 거 아니에요? 다른 친구들은 어때요? 그 친구들도 별명이 없었어요?"

"몰라, 기억이 안 나는데. 따로 연락하는 사람도 거의 없고. 반창회한다는 말은 들었는데, 안 나갔어."

"왜요? 친구들이 어떻게 사는지 궁금하지 않아요?"

"딱히."

"친구가 없었구나?"

말을 뱉자마자 아차 싶었다. 남편은 아무 말도 하지 않았고, 친정에 도착할 때까지 차 안에는 음악 소리만 들렸다.

산방산이 보이자, 그때 일이 떠올랐다. 상갓집에 갔다 오겠다는 말에 반응이 없던 남편은, 현관문을 나설 때야 입을 열었다.

"내려가서 어머님한테 잘 얘기하고 와. 어떤 게 좋은 건지. 이번에는 꼭 설득해야 돼. 무슨 말인지 알지?"

 긴 연휴동안 숙제를 잔뜩 내주는 선생님처럼 남편은 전날 했던 말을 반복했다. 못 미더운 건지, 강조인 건지 알 수 없었다. 남편은 상갓집에서 오래 있지 말고, 어머님의 집에 갔다 오라고 했지만, 내키지 않았다. 열흘 동안 전화 한 통 없는 걸 보면 엄마도 마음이 풀리지 않은 게 분명했다. 남편은 엄마에게 좋은 말만 하는 사위였고, 엄마는 남편에게 씨암탉을 잡아 먹이는 장모였다. 두 사람은 나를 사이에 두고 말을 했다. 서로에게 하지 못하는 말, 하고 싶은 말을 나에게는 잘만 한다. 내가 비켜서면 두 사람은 침묵한다. 그러므로 나는 중간에서 벗어날 수가 없다. 한쪽으로 치우는 순간, 다른 한쪽이 무너진다.

 제주 살기가 유행처럼 번지면서 제주의 땅값이 오르기 시작했다. 친정이 있는 마을 근처에 영어교육도시가 들어서면서 일대에 변화의 바람이 거세게 불었다. 십 년이면 강산이 변한다는 말은 옛말이 되었다. 마을은 내려갈 때마다 달라지고 있었다. 골목마다 카페가 들어섰고, 식당이 생겨났다. 골목에 커피숍이 생기는가 싶으면, 얼마 안 가 레스토랑으로 바뀌었다. 화덕 피자집은 빵집이었다가 돈까스집이 되었다. 각지에서 몰려든 다양한 사람들로 인해, 마을은 조용할 새가 없었다. 동네에서 제일 큰 레스토랑은 원래 영희네 집이었다. 엄마 말로는 영희네 아버지의 장례를 치른 가족들이 땅을 팔고 다른 동네로 갔다고 한다. 지금은 집주인이 누구인지 모른다고 하며 엄마는 동네가 예전 같지 않다는 말을 덧붙였다. 레스토랑 옥상에는 하얀 천막을 씌운 루프탑이 있었다. 저기 앉아서 커피를 마시는 사람들은 멀리 있는 바다를 볼까. 눈 아래에 있는 마을 사람들을 볼까? 옥상에 오르면 옆집 마당이 훤히 보이는 작은 마을에 뭐 볼 게 있다고 땅을 사서 카페를 짓고, 또 사람들이 찾아오는 걸까? 밤낮으로 공사 소리가 끊기지 않는다고 엄마가 투덜댔는데, 눈으로 보니 과연 그럴 만했다. 언제부턴가 마을 사람들은 조상 대대로 내려온 땅에 값을 매기기 시작했다. 위치에 따라 가격이 천차만별이었다. 아무 불만 없이 농사짓던 사람들이 갑자기 땅의 위치를 따지기 시작했고, 가격을 흥정할 때마다 희비가 엇갈렸다.

  대학을 졸업할 때쯤 초등학교 친구들이자, 동네 친구들은 모임을 만들었다. 모임은 자연스럽게 결혼식과 돌잔치, 집들이로 이어졌다. 20년이 지난 지금은 장례식장에서 주로 만나고 있다. 조금 있으면, 아이들의 결혼식장에서 다시 만날 것이다. 적당한 시기가 오면 차례대로 일을 치른다. 달마다 모은 회비로 화환과 개인 부조, 모임 부조가 나갔다. 만일 자신의 존재가치가 궁금하다면, 상대가 나에게 건네는 봉투에 답이 있다. 봉투 속 돈의 액수가 곧 그 사람의 마음이다.

  3일 전에 초등학교 동창인 숙희네 아버지가 돌아가셨다. 친구들이 같이 내려갈 시간을 맞추는데, 나는 양해를 구하고, 혼자만 가기로 했다. 친구들은 아이들의 픽업 때문에 오래 있을 수 없다는 말을 이해하지 못했다. 일의 순서는 어디에 중점을 두느냐에 따라 달라진다. 학교에 다닐 때는 쉬는 시간이 같았지만, 학교를 졸업한 이후부터는 각자의 시간표대로 움직였다. 나의 시간표가 친구들과 확연하게 다른 건 아쉽지만, 어쩔 수 없는 일이었다. 물론 나도 혼자 다니는 게 좋지는 않다. 특히, 상갓집은 친구들과 같이 가는 게 좋았다. 하지만 하기 싫다고 해서 하지 않을 수 있는 건 아니었다. 바쁜 점심때를 피할 심사로 일찍 출발했는데도, 동네에서 큰일이 있을 때마다 사용하는 마을회관 근처에는 주차된 차들이 많았다.

식당 문을 열고 들어서자마자 검은 상복을 입은 숙희와 눈이 마주쳤다. 통통 부은 눈으로 희미하게 웃으며, 숙희가 걸어왔다.

"왔어?"

"응, 조금 일찍 왔는데."

"괜찮아. 밥 안 먹었지?"

숙희는 식당 안을 둘러보더니, 사람들이 없는 쪽으로 걸어갔다. 숙희가 가리키는 자리에 앉았다.

"오랜만이다. 잘 지냈어?"

"그러니까. 이럴 때 봐서 좀 그렇지만."

"다 그렇지 뭐. 잠깐만."

숙희는 손을 들고, 상조회사 직원을 불렀다.

"너는 밥 먹었어?"

"그럼, 나 걱정하지 말고, 천천히 먹어."

모임할 때는 몰랐는데, 숙희의 눈가에 기미가 검게 퍼져 있었다. 어릴 때 모습 그대로 늙어가는 친구들을 보면 '나만 늙는 게 아니구나.'하는 안도감과 '너도 많이 늙었구나.'하는 안타까움이 공존했다. 하얗게 세어가는 머리카락을 보여주고, 눈가의 주름을 지켜보며, 조금씩 천천히 우리는 나이를 먹고 있었다.

"막둥이가 조금만 더 크면 그때부터는 잘 나올게. 정애랑 은경이는 오후에 와서 늦게까지 있을 거야. 얘기 들었지?"

"들었어. 너는 빨리 가야지?"

"미안해."

"미안하긴. 어쩔 수 없지. 한창 엄마 손 필요할 때잖아. 와 준 것만 해도 고마워. 많이 먹어. 뭐 필요한 거 있으면 말하고. 나 잠깐 저기 갔다 올게."

숙희가 허리춤에 찬 가방의 지퍼를 열어 안을 확인하고 자리를 떴다. 미역국을 몇 번 먹다 말고 숟가락을 놓았다. 네 사람이 앉게 되어 있는 식탁에 손도 대지 않은 돔베고기와 순대 두부와 밑반찬들이 있었다. 누군가 식탁 위에 방울토마토가 든 접시를 놓고 갔다. 아는 사람인가? 하며 봤는데, 다른 식탁에도 갖다 놓는 게 보였다. 먹지 않은 음식이 아깝다고 생각하며, 가방에서 봉투를 꺼냈다.

"많이 먹었어?"

옆 테이블에서 조문객들과 말하고 있던 숙희가 언제 왔는지 의자를 당겨 앉으며 말했다.

"뭐 더 줄까? 고기 더 갖다줄까?"

"아니야. 됐어. 힘들지?"

"힘들긴 뭐. 아직 시작도 안 했는데. 그래도 아버지가 오래 고생 안 시키고 빨리 가셨어."

"얼마나 됐다고 했지?"

"쓰러지고 6개월?"

"아버님이 자식들 고생 안 시키려고 빨리 가셨네."

"그러게. 긴 병에 효자없다고. 6개월이 딱 좋아. 마음의 준비를 할 시간은 필요한 것 같아. 갑자기 돌아가시면, 섭섭해서 더 힘들었을 거야. 그런데 또 오래 누워있어 봐. 병원비에 간병비에. 그게 다 짐이 될 거 아냐."

"그건 그래. 아버님이 정말 자식 생각하셨네."

"나도 그렇게 생각해."

 말이 끊겼다. 일어날 시간이다. 가방에서 봉투를 꺼내 건넸다. 숙희는 봉투를 허리춤에 멘 가방에 담더니, 안쪽에 있는 방에서 두루마리 화장지를 가져와 상품권과 함께 건넸다.

"뭘 이런 걸 다."

"친구는 내가 챙겨야지."

 왼손에 두루마리 화장지를 들고 식당을 나왔다. 숙희가 문 앞에서 손을 몇 번 흔들다 들어갔다. 식당 옆 공터에서는 아저씨들이 멍석을 깔고 윷놀이를 하고 있었다. 담벼락에 기대 담배를 피우던 남자와 눈이 마주쳤다. 뻠뿌였다. 김씨 아저씨와 은경이네 오빠. 숙희네 작은 아버지도 보였다. 아는 사람들이었지만 모르는 사람처럼, 이방인처럼 무심하게 주차장으로 걸어갔다. 구두 소리가 천천히 따라왔다.

*

 아버지는 동네에서 유명한 노름꾼이었다. 남의 집 잔칫날이나 상갓집에 제일 먼저 가서 가장 늦게 나왔다. 손에 감기는 작은 종자기에 대나무를 깎아서 만든 4개의 윷을 던지며 노는 윷놀이는 단순한 전통 놀이가 아니었다. 윷놀이 한판에 있는 돈이 다 털렸고, 집문서와 땅문서가 오갔다. 어느 날이었다. 한밤중에 아버지가 문을 벌컥 열고 들어왔다. 아버지는 엄마를 발로 깨웠다. 잠귀가 빨랐던 나는 아버지가 오는 소리를 듣고 잠이 깼지만, 눈을 뜨지 않았다. 이불을 덮어도 아버지의 목소리가 들렸다. 돈 좀 줘봐. 돈이 어딨냐. 없으면 빌려 와라. 더 빌릴 데도 없다는 말이 끝나기도 전에 둔탁한 소리가 났다. 아버지의 매질을 견디는 엄마가 보이지 않아도 보였다. 이불을 꼭 잡고 빌었다. 빨리 끝나기를, 엄마가 잘 견디기를, 부디 나에게 불똥이 튀지 않기를 빌었다. 분풀이 같은 매질이 끝나면, 엄마는 어디선가 돈을 꺼냈고, 아버지는 들어온 문으로 다시 나갔다. 아버지는 모두가 잠든 시간에도 발소리를 줄이는 법이 없었다. 문을 세게 여닫았다. 잠이 깬 나는 눈을 말똥거리며, 엄마가 우는 소리를 들었다. 엄마가 이불 속으로 들어올 때까지 한참이 걸렸다. 나는 잠결인 척 하면서, 벽을 보고 누운 엄마쪽으로 몸을 돌렸다. 엄마 등에 매달려 불안한 잠을 잤다. 아버지는 돈을 들고 나갔지만, 들어올 때는 항상 빈손이었다.

시간이 흐르면 기억은 희미해지거나 사라진다. 그러나 어떤 기억은 시간이 지날수록 색을 덧칠하며 선명해진다. 좋았던 일보다 기분 나빴던 일들이 더 생생하게 떠올랐다. 잊고 싶은 마음과는 별도로 어렸을 때의 기억은 늘 나를 따라다녔다. 고향, 친정, 엄마. 그리움과 애틋함을 연상시키는 단어지만, 나는 그 단어들이 버거웠다. 그리움은 부담으로 애틋함은 서러움을 동반했다. 신나게 내려가서 침울한 표정으로 올라오길 반복했다. 마지막으로 갔을 때, 엄마와 한바탕 싸우고 올라갔다. 그 후로 엄마도 나도 전화를 하지 않았다. 그때는 남편이 있어서 말이 더 거칠게 나갔다. 이상하게 남편 앞에서는 엄마에게 자꾸 화를 내게 된다.

*

 마당에 있던 엄마는, 차를 길가에 세우는 동안 등을 돌려 집 안으로 들어갔다.
 '아직 마음이 풀리지 않았구나.'
 가슴이 서늘했다. 하지만 곧 오른손으로 머리를 한번 쓰다듬고는,
 "엄마"
 하며 달려갔다.
 "어쩐 일로?"
 다시는 안 온다고 하지 않았니. 가 생략된 말은 짧았다.
 "숙희 아버지 때문에. 엄마는 마을회관에 갔다 왔어요?"
 "아니여. 순정이 어멍 오민 고치 가잰 기다렴쭈게."
 "아."
 말이 막혔다. 이상했다. 엄마 앞인데 왜 말이 막히지? 차라리 엄마가 화를 내면 좋겠는데, 엄마는 나에게 아예 관심이 없는

것 같았다. 괜히 주위를 돌아보다 일어섰다.

"엄마, 커피 마실래요?"

커피포트에 물을 붓고 버튼을 눌렀다. 기다렸다는 듯이 물이 끓어오른다. 머그잔에 가루 커피를 털어 넣었다.

"엄마, 뻠뿌 결혼했어요?"

"누게?"

"왜 뻠뿌 있잖아. 우리 옆집에 살던."

"아, 창섭이. 결혼했지. 아고, 잘도 착헌 아이라."

"누가? 뻠뿌가?"

"아니, 창섭이 각시가. 외방 아이 안 닮게 얼굴도 곱고 날씬하고 잘 웃고 일도 막 잘 헌다."

내 얼굴은 제대로 쳐다도 보지 않던 엄마의 얼굴에 화색이 돌았다. 엄마의 칭찬을 받는 그 사람에게 질투가 났다. 관계는 상대적이다. 내가 좋은 말을 하면, 좋은 말이 돌아오고, 좋게 보려고 하면, 좋은 모습만 보인다. 그 사람도 나를 좋게 생각한다. 엄마가 말하는 사람이 누구인지는 몰랐지만, 적어도 두 사람 사이가 돈독하다는 것은 알 수 있었다. 누군가에게는 인자하고 좋은 사람이 왜 나한테는 그렇게 못 해? 엄마 딸은 난데. 입에서 나오려는 말을 참으려 입술을 꽉 깨물었다.

\*

  초등학교 때, 아이들은 이름 대신 별명을 불렀다. 어른들이 하는 말 중에 웃긴 말, 이상한 말을 기억했다가 별명을 지을 때 써먹었다. 멀쩡하게 보이는데 가끔 엉뚱한 행동을 하면 팔보, 엉뚱한 소리를 잘하고, 말귀를 못 알아먹는 귀껏, 몸집이 크고 밥을 많이 먹는데, 힘은 약한 붕태, 갑자기 살이 찐 갑부, 농담을 진담으로 알아듣고 정색하는 친구는 뚜럼이었다. 별명을 짓는 건 생각보다 어려웠다. 친구의 특성과 성향을 파악하고, 들으면 딱하고 그 아이가 떠오르는 단어를 찾아야 했다. 별명을 지을 때마다 심혈을 기울였다. 여러 낱말을 놓고 그 사람과 어울리는지 저울질했다. 한참 고민해도 답이 안 나올 때쯤, 누군가 듣자마자 웃음이 터지는 말을 내뱉는다. 한번 들으면 절대 잊을 수 없는, 놀리는 것 같은데 딱히 틀린 것 같지도 않은 별명으로 서로를 불렀다. 남자의 별명은 뻠뿌였다. 누가 먼저 불렀는지는 모르지만, 남자가 뻠뿌인 것은 동네 사람들이 다 알았다. 38년도에 태어나 일제 감정기에 일본에서 살다 온 할머니는 한국어보다 일본어를 더 잘했다. 할머니는 할아버지가 동문서답식의 대답을 할 때마다 뻠뿌가 고장났다는 말을 자주

했다. 뻠뿌는 펌프의 일본식 발음이다. 아이들은 뻠뿌가 뭔지도 모르면서 뻠뿌라는 말을 하면 자지러지게 웃었다.

  초등학교는 마을의 끝자락이자 일주도로 버스가 지나가는 곳에 있었다. 엄마는 늘 학교가 끝나자마자 집에 오라고 신신당부했지만, 나는 집에 빨리 갈 생각이 없었다. 집에 가봐야 일만 할 게 뻔했다. 친구들도 사정은 마찬가지였다. 우리는 무슨 재미난 일이 없나 주위를 두리번거리며 최대한 천천히 걸었다. 동네에선 자전거를 타고 다니는 뻠뿌가 자주 보였다. 고등학생인 은경이네 오빠보다 나이가 많았지만, 친구들은 그 남자를 뻠뿌라고 불렀다. 멀리서 뻠뿌가 자전거를 타고 오는 것을 보면 꺅 소리를 질렀다. 뻠뿌의 자전거가 언덕길을 빠르게 내려오면, 우리는 말을 멈추고, 담벼락에 붙거나 다른 곳을 보는 체했다. 뻠뿌는 우리 옆을 지나갈 때, 따르릉 소리를 내며 크게 웃었다. 아이들은 그런 뻠뿌를 보며 낄낄댔다. 흉내내기 좋아하는 친구는 뻠뿌를 기가 막히게 따라 했다. 하도 많이 웃어서 배가 아팠다. 아이들은 불리한 상황이거나 말문이 막히면 "이 뻠뿌각시야."라고 소리쳤다. 그 말을 뱉는 순간 전세가 역전됐다. 들은 사람은 씩씩대며 쫓아갔고, 말을 한 사람은 이

때다 싶어 "이 뻠뿌각시, 야. 저기 뻠뿌 지나가네. 니 서방 지나간다. 뻠뿌각시야."하며 도망갔다. 진짜가 아니라는 걸 알면서도 진짜처럼 화를 냈다. 나도 예외는 아니었는데, '뻠뿌각시'라는 말을 들을 때마다 얼굴이 벌게졌다. 가슴이 봉긋하게 나온 후부터 어깨를 움츠리는 버릇이 생겼다. 뛸 때마다 가슴이 출렁거리는 게 싫었다. 손으로 가슴을 가리고 뛰었다. 그게 더 눈에 띈다는 것을 안 후부터 뛸 생각을 접었다.

 여름방학이 끝나고 학교에 갔을 때였다. 쉬는 시간에 화장실에 가려고 일어났는데, 의자에 피가 묻어 있었다. 더럭 겁이 났다. 다행히 담임선생님이 여자였다. 선생님은 잠바로 허리를 묶어준 뒤에 집에 가라고 했다. 왜 집에 가냐고 묻는 친구의 말에 대답하지 못했다.
 "집에 가맨? 타."
 어디에서 왔을까? 갑자기 나타난 뻠뿌가 말을 걸었다. 쉬는 시간에 뻠뿌각시라고 놀린 아이와 머리채를 잡고 싸웠는데, 거짓말처럼 뻠뿌를 만났다. 친구들이 보면 안 된다. 모퉁이를 돌아야 하는데 그래야 학교에서 안 보이는데. 하며 걸음을 재촉했다.

"나도 집, 집에 가는데. 타."

뻠뿌의 자전거는 뻠뿌만큼이나 컸다. 친구들이 타는 손잡이가 양옆으로 구부러지고 바퀴가 작은 자전거가 아니었다. 안장이 높이 있었다. 뻠뿌는 자전거에 짐을 한가득 싣고 동산을 힘겹게 올라가는 걸 본 적이 있었다.

'나보고 저 짐칸에 타라는 거야? 미친 거 아냐?'

입술에 힘을 주고 걸었다. 뻠뿌는 자전거에서 내리더니 긴 팔로 자전거를 끌며 따라왔다. 뒤에 타는 것보다 더 이상한 장면이었다.

"나도 집, 집에 가. 너네 집 옆에 우리 집에. 타. "

'안 들린다. 안 들린다. 나는 혼자다.'

"아팡 조퇴하는 거민 타. 타민 금방 간다."

'안 들린다. 안 들린다. 나는 혼자다. 어?'

뻠뿌의 자전거가 지나갔다. 방금까지 옆에서 말을 걸던 뻠뿌가 세차게 페달을 돌리며 지나갔다. 구부정한 뻠뿌의 등이 점점 작아졌다. 배가 아팠다. 집은 아직 멀었다. 동산은 높았고, 사람들은 밭에 갔는지 하얀 길에는 아무도 없었다. 멀리서 아지랑이가 피어오르고, 정신없는 새 한 마리가 뻐꾹하고 우는 소리가 들렸다. 갑자기 모든 게 싫어졌다. 하나 둘 셋 하면 짠

하고 공간이동을 해서 집에 도착하는 마법이 필요했다. 지팡이를 휘두르면 축축한 아랫도리가 거짓말처럼 뽀송뽀송해질 텐데. 뻠뿌가 마법사가 아니듯 나는 동화 속의 주인공이 아니었다. 그저 수업 시간에 조퇴한 평범한 초등학생이었다. 6학년으로 졸업하면 중학교 1학년이 된다. 끝났다고 생각하는 순간 모든 것이 다시 시작이다. 삶은 반복되는데 사람은 그대로일까? 달라질까? 우리 집은 왜 이렇게 학교에서 멀리 있는 걸까? 모든 게 마음에 들지 않았다. 발에 걸린 돌멩이를 걸어 찼다. 발이 아팠다.

*

"엄마."

밖에서 누군가 부르는 소리에, 엄마가 벌떡 일어나 마당으로 나갔다.

'엄마라고?'

엄마는 반가운 손님이라도 온 것처럼 슬리퍼를 신기도 전에 마당으로 나갔다. 내가 왔을 때와는 정반대의 모습이었다.

'도대체 누구길래 엄마가 저렇게 반기는 거지?'

마당에는 처음 보는 젊은 여자가 서 있었다.

"오일장 갔다가 엄마 생각나서 사 왔어요."

"아고, 뭘 이런 걸 다 샀어. 매번 미안하게."

"엄마, 아픈 건 괜찮죠?"

"그럼, 그럼. 괜찮아. 쑨 덕분에 살었어. 집에 들어가서 커피라도 마시고 가면 좋은데."

손님과 말하던 엄마가 고개를 돌렸다. 현관에 서 있던 나와 눈이 마주쳤다.

"다음에 놀러 올게요."

"그래, 그렇게 해. 그럼. 아무튼 고마워."

"갈게요."

여자의 작고 빨간 차가 사라질 때까지 엄마는 손을 흔들었다. 내가 간다고 하면, 현관에도 나와보지 않는 엄마였다. 갑자기 기분이 나빠졌다.

"누군데 엄마를 엄마라고 불러?"

말이 토라지게 나갔다. 마음에 들지 않거나 기분이 나쁘면 목소리 톤이 올라갔다. 엄마의 가장 싫은 부분인데, 싫어하면서도 그건 엄마를 꼭 닮았다. 엄마가 바로 받아쳤다.

"누군 누구라게. 창섭이 각시주."

"창섭이? 저 사람이 뻠뿌각시라고?"

창섭이가 뻠뿌라는 것을 모르는 게 아니었다. 그냥 엄마의 말에 뭐라도 딴지를 걸고 싶었다.

"야인, 삼촌뻘 되는 사람한테 뻠뿌가 뭐니? 뻠뿌가."

"왜? 다들 뻠뿌라고 하잖아. 근데 왜 뻠뿌각시가 엄마를 엄마라고 부르냐고."

"나도 모르켜."

손을 털며 집으로 들어온 엄마는 여자가 건넨 검은 비닐을 냉장고에 넣었다. 뭔가 있다. 엄마가 숨기는 게 있다. 대답을 회피한다는 게 수상했다. 그게 뭔지 가늠할 수 없어 답답했다. 여자를 따뜻하게 쳐다보는 엄마의 시선이 낯설었다. 엄마는 나이가 들수록 무뚝뚝하고 퉁명스러워졌다. 잔뜩 화가 난 사람처럼 말했고, 모든 것이 불만이었다. 아무리 유명한 식당에 가도 엄마 입에는 짜고 싱겁고 매웠다. 사람들이 많은 곳은 정신 사납다고 했고, 한적한 곳에 가면 조만간 망할 것 같다며 혀를 찼다. 여행을 가자고 하면 다리가 아픈데 어딜 가냐고 했고, 봉투를 건네면 이게 다 빚이라며 혀를 찼다. 뭘 줘도 엄마는 고맙다는 소리를 하지 않았다. 모든 게 마음에 들지 않은 사람처럼 투덜거렸다.

"한 번이라도 그냥 고맙다고 하면서 받으면 안 돼요? 엄마가 이러면 며느리가 싫어해요."

참다못해 한마디 했더니, 엄마는 입을 삐쭉 내밀며

"별게 다 시비다.

라고 말하며 돌아섰다."

\*

뻠뿌의 이름은 이창섭이었다. 남자의 아버지는 초등학교 교장 선생님으로 정년퇴직했는데, 사람들은 돌아가실 때까지 교장 선생님이라고 불렀다. 동네에서 유일하게 이 층 양옥집에 살았던 교장 선생님은 자식 농사를 잘 지은 걸로 유명했다. 교장 선생님의 자식들이 대학에 들어갈 때마다 초등학교 앞에 플래카드가 붙었다. 뻠뿌가 그 집안의 막내아들이라는 건 아무리 생각해도 이상한 일이라고 사람들은 고개를 저었다. 학교에 들어갈 때까지 말을 잘 못 했다고 한다. 말이 늦고 더듬거려서 말을 건 사람들은 대답을 듣기도 전에 답답해했다. 형들이 말할 때마다 울었다. 다른 형제들은 스스로 한글을 떼고 구구단을 외웠는데, 남자는 더듬거리며 말하거나 우는 게 전부라 어미는 아들을 뻠뿌라고 불렀다. 어머니가 뻠뿌라고 부르는 것을 들은 형들이 대놓고 남자를 뻠뿌라고 부르기 시작하면서, 동네 사람들도 모두 남자를 뻠뿌라고 불렀다. 남자는 집에서도 밖에서도 뻠뿌였다. 동네에서 제일 키가 크고 허우대가 멀쩡한 뻠뿌였다. 사람들은 걱정 없던 교장 선생님을 동정했다. 다른 형제들이 사법고시에 합격하고, 의사가 됐을 때도 막둥이를 들먹였다. 하늘이 다 주는 법은 없다며 수군거렸다. 교장 선생님에게 남자는 아픈 손가락이었고, 사람들의 입방아에 오르내리는 천덕꾸러기였다. 엄마는 뻠뿌 얘기를 들려주면서, 창섭이 삼촌이라고 불러야 한다고 당부했다. 나는 왜 친척이 아닌 사람을 그것도 뻠뿌를 삼촌이라고 불러야 하냐며 따져 물었다. 다른 사람들이 아무리 뻠뿌라고 해도, 엄마에게 창섭은 그냥 창섭이었다.

\*

"창섭이가 정말 난 사람이다. 난 사람. 잘난 형제들은 어떵허민 더 가져갈 건지 궁리만 하고, 어멍 사는 건 관심도 어신디 창섭이는 뭐니. 응? 아버지 제사 꼬박꼬박 챙겨. 치매 걸린 어머니 요양원에 안 보내고 글쎄 지금도 창섭이가 똥기저귀를 간다는구나."

"며느리는 뭐하고?"

"쑨도 거들지. 애 셋 건사해. 밭일 잡부로 일하면서 지 용돈 벌이해. 시어머니 삼시세끼 차려줘. 그것만 해도 얼마나 착한지 모른다. 그 이쁜 것이 타국에 와서 고생하는데도 군소리 하나 없는 걸 보면 아주 이뻐죽겠어."

"이름이 쑨이야? 어느 나라 사람인데?"

엄마의 말이 길어질수록 연희는 속이 꼬이고 입이 나왔다. 엄마가 작정해서 하는 말에는 늘 가시가 있었다. 가시 돋힌 말이 가슴에 박히면 아픈 게 오래갔다.

열흘 전, 아침밥을 먹으며, 남편은 친정에 내려갔다 오자고 했다. 집에서 한 시간이 넘게 걸리는 친정에 남편이 먼저 가자고 하는 건 드문 일이었다. 엄마는 일이 있을 때만 내려오는 사위에게 섭섭하다는 말을 한 적이 있었다.

"엄마, 오늘 뭐 해요? 왜긴. 김서방이랑 내려가려고. 아니, 별일은 없어요. 그냥 김서방이 엄마 보고 싶대. 정말이야. 알았어요. 점심시간에 맞춰 갈게요. 응, 그럼, 김서방이 말을 안 해서 그렇지 엄마를 얼마나 걱정하는데. 네. 이따 봐요."

 그러나 우리는 내려간 지 한 시간 만에 밥도 먹지 않고 올라왔다. 엄마는 방으로 들어가며, 그런 소리 할 거면 다시는 오지 말라고 했다. 나도 지지 않고 엄마 혼자 잘 살아보라고 소리쳤다.

"어머님은 도대체 왜 그러시는 거야?"

 올라오는 내내 말이 없던 남편이 집 근처에 왔을 때 입을 열었다.

"무슨 생각으로 그렇게 고집을 부리시는지 원. 아니. 생각이라는 게 애당초 있기나 한 거야? 그 큰 집에서 혼자 살겠다는 게 말이 되냐고. 내가 남이야? 왜 나를 남보다 못하게 취급하는데? 어?"

 남편은 화가 나면 목소리를 잔뜩 깔고 자근자근 씹으며 말을 뱉었다. 그럴 때 섣부르게 대답하면, 안 된다. 더군다나 운전할 때는 건드리는 것이 아니다. 신호 대기시간이 그날따라 길게 느껴졌다. 번듯한 집안에서 자라 마흔 중반에 대학교수가 된 남편은 뜻대로 되지 않는 상황을 견디지 못했다. 자신과 생각이 다른 사람을 만나면 틀렸다며 몰아세웠다. 듣고 판단하는 것이 아니라, 결론을 정하고 말로 통보했다. 아이가 태어날 때까지는 남편이 그런 사람이라는 것을 몰랐다. 성실하고 가정적인 남자인 줄 알았다. 아이가 커가면서 남편은 자신의 생각을 일방적으로 강요했다. 남편과 말을 하면 할수록 서로의 생각이 다르다는 것을 확인했다. 하지만, 아이들 앞에서 싸우는 모습을 보이고 싶지 않았다. 아이들이 이불 속에서 조마조마하며 살게 하고 싶지 않았다. 보고 배운 것이 엄마와 아빠의 삶이라 그런지 기준이 낮았다. 적어도 남편은 술을 마시고 때리거나, 노름으로 재산을 탕진하거나 어디 가서 돈을 구해오라고 강요한 적이 없었다. 오히려, 우리 집, 우리 가족만을 최우선으로 삼고 살고 있다. 남편이 만든 울타리는 견고했고, 그 안에서만 살면 아무 일도 일어나지 않았다. 무엇보다 아이들에게 좋은 아빠였다. 어떤 말이 남편을 건드리는지 알게 되자, 부부싸움에 요령이 생겼다. 남편은 밖에서도 안에서도 완벽한 삶을 추구했다. '행복한 가정생활'이라는 잡지에 나오는 모델처럼 집에서 늘 앞치마를 입고, 주부 역할에 충실하길 원했다. 그것만 잘하면 됐다. 모델 하우스같은 집에 살면서 날마다 집을 쓸고 닦았다. 남편이 만든 무대에 오른 배우처럼 연기했다. 친구들은 나만 보면 부럽다고 했다. 놀림 반 부러움 반이 섞여 있는 말이었다. 복 좋은 아이라는 말을 은근 즐기기도 했다. 겉으로 드러나지 않는 불행에 대해 일부러 입을 놀릴 필요는 없었다. 잠깐 만나 행복한 척하면 그만이었다. 시원하게 속사정을 터놓았던 적이 언제인지 기억나지 않았다. 속을 드러내고 사는 것보다 감추고 참는 것에 익숙해졌다. 말이 점점 줄어들었다.

\*

친정아버지의 장례를 치른 지 얼마 지나지 않을 때였다.
"힘들면 친정에 가서 쉬었다 와."
주부들이 제일 듣고 싶은 말을 남편이 무심하게 던졌다.
"그래도 돼요?"
반색하며 되물었다. 남편은 핸드폰에 얼굴을 박은 채
"그럼. 아무 걱정하지 말고 가서 푹 쉬고 와."
라고 말했다. 남편의 마음이 변하기 전에 얼른 캐리어에 옷가지를 챙겼다. 내려갈 때는 한 달을 생각했지만, 일주일 만에 돌아왔다. 엄마는 생각보다 혼자 있는 시간을 잘 견디고 있었다. 이상하게 혼자가 된 엄마보다 남편이 관리하고 있을 집이 신경 쓰였다. 집은 나가기 전과 별반 다를 게 없었다. 잘 정돈된 거실과 물기 하나 없는 씽크대는 마치 네가 없어도 나는 잘 살고 있다고 말하는 것 같았다. 이상한 불안감이 들었다.

"왜 이렇게 빨리 왔어?"

하나도 반갑지 않은 목소리로 남편이 물었다. 안 그래도 존재감 없는 집에 부재중까지 찍히면 영원히 사라질 것만 같아 불안했다. 하지만, 그런 말을 직접 할 수는 없는 노릇이었다. 가끔 있으나 마나 한 존재라면 굳이 있을 이유가 있을까? 라는 생각이 들 때가 있다. 한 번 생각하기 시작하면 생각이 꼬리에 꼬리를 물며 이어졌다. 멈추지 않으면 극단적인 상황까지 흘러갔다. 제멋대로 뻗쳐나가는 생각들을 눌러야 했다. 언젠가 생각이 말로 나오고, 말이 행동으로 변할까 두려웠다.

남편은 요즘 친정집에 관심이 많다. 어머님 연세도 있으신데, 우리 집으로 모시자는 말을 처음 들었을 때는 고마움을 넘어 감동이었다. 차가운 척해도 속은 따뜻한 사람이지 싶은 게 결혼하길 잘했다고 생각하는 순간, 이어서 나온 말이 가슴에 박혔다.

"돌아가실 때 옆에 있었던 자식이 재산을 갖는 거야. 그러니까 지금이라도 당장 어머님을 모셔와. 어머님 혈압이 안 좋다고 했지? 노인네가 혼자 살다 험한 꼴 당하기 전에 어머니와 합치는 게 좋겠어. 그리고 집문서 어디 있는지 잘 기억해두고. 처남은 서울에서 계속 살 생각인 거지? 나중에 어머님이 아파서 시설이라도 들어가면 지금까지 공들인 우리는 뭐가 되겠어? 그러니까 당신도 정신 똑바로 차려."

 무슨 말인지 들으면서도 이해가 되지 않았다. 눈을 보고 싶었다.

"핸드폰 내려놓고 얘기 좀 해요."

 남편은 핸드폰에 시선을 고정한 채 듣고 있으니 말하라고 했다. 내가 보는 건 언제나 남편의 훵한 정수리였다. 눈을 보지 않고 오가는 말은 진의를 파악할 수 없다. 남편의 관심사는 장모일까? 집일까? 속내를 드러내지 않는 남편의 말을 곱씹어본다. 어느 쪽에 무게를 두느냐에 따라 평평했던 시소는 균형을 잃는다. 한쪽이 올라가면 한쪽은 필연적으로 내려간다. 남편은 혼자만의 시소를 은밀하게 타고 있었다. 남편의 의도야 어떻든 간에 나도 엄마와 함께 살고 싶었다. 시골의 대문 없는 집에 엄마 혼자 사는 게 마음에 걸렸다. 시내에 살면 언제든 병원에 갈 수 있다. 정 심심하면 동네 노인당에 가서 고스톱이라도 치시겠지.

아버지의 49제가 끝나고, 엄마는 정신을 차려야겠다며 미용실에 갔다. 검은색으로 염색하고, 뽀글이 파마를 했다. 안방에 있던 아버지의 물건을 다 치웠다. 담배 피우는 사람이 없으니 집이 깨끗해졌다고 말하는데, 목소리가 크고 시원시원했다. 아버지의 죽음을 기다리기라도 한 듯 혼자서 잘 사는 엄마를 보니 기분이 이상했다. 하지만, 엄마가 아버지를 잊지 못하고, 눈물만 흘리고 있다면 그것도 못 볼 노릇이었다. 어쩌면 엄마도 엄마 살길을 찾는 것이 당연했다.

어느 날, 집에 가 보니 강아지가 있었다. 어디서 났냐고 묻자, 엄마는 말을 얼버무렸다. 갈색 인형처럼 털이 복실거리고 예쁜 강아지는 한시도 가만히 있지 않았다. 신발만 보면 물고 도망쳤다. 멀리 갔다가도 부르면 금세 달려와 꼬리를 흔들었다.
"개가 사람보다 낫다."
엄마는 입버릇처럼 하는 말을 들을 때마다 속이 쓰렸다.
"엄마, 올라가서 같이 살아요. 얼마 전에도 장염 걸려서 혼났잖아. 혼자 있다 아프면 어쩌려고 그래요."
"시끄럽다게. 그때 한 번 그런 거 가지고. 난 죽어도 여기서 죽을 거니까 절대 그런 소리 하지 말아."

"엄마는 왜 그렇게 엄마 생각만 해?"

"너도 나 생각하지 말라게."

 말이 아프다. 엄마가 하는 말은 나의 가장 약한 부분을 찌른다.

*

 커피를 마실 동안, 엄마는 씽크대의 수도꼭지를 이리저리 돌렸다. 수도꼭지의 윗부분에서 물이 새고 있었다. 상갓집에 가려고 차려입은 엄마의 윗도리에 물이 튀었다. 고무장갑을 탁탁 털어 건조대에 걸치고, 방에 들어가 옷을 갈아입었다.

"멀리 살면 딸이고 동기간이고 다 필요 없다. 그저 옆에 있는 사람이 최고인 거라."

 언제부턴가 사람들은 말을 할 때 서로의 눈을 쳐다보지 않기로 약속했는데, 나만 그걸 모르고 있는 것 같다. 옷을 갈아입은 엄마가 물티슈로 바닥을 닦으며 입을 열었다.

"창섭이 어서 시민 난 여기 못 살았져. 쑨이랑 창섭이가 아침 지녁으로 오멍가멍 들린다게. 시장갔다 사 왔댄 허명 도너츠나 찐빵도 사다 주고."

'그깟 도너츠와 찐빵이 뭐라고. 내가 사다 주는 건 뭔데? 한번 누가 더 잘하나 내기라도 해 봐? 철마다 기초 화장품에, 썬크림 사다 주는 건 티도 안 나. 백화점 마네킹에 걸린 블라우스, 돼지고기와 소고기, 엄마가 좋아하고 필요한 건 다 내가 사준 거잖아. 왜 그건 기억을 못 하는데? 난 엄마 때문에 남편한테 아무 말도 못 하고 있다고.'

"그런 아이들 세상에 없다. 다리 아팡 옴짝 못 하는 어멍한티도 그추룩 잘 헌다. 쑨이는 나만 보면 고향에 있는 엄마 생각이 난댄 허멍 나한티 엄마, 엄마 부르는데, 그걸 부르지 말랜 해지느냐. 잘도 착한 아이라. 속이 능구랭이같은 놈들하고는 천지 차이여게."

'그만하시라구요. 엄마 딸은 누가 뭐라도 나니까.'

"엄마, 그러니까 왜 다른 사람들한테 아쉬운 소리 하면서 살아요. 그냥 나랑 같이 올라가 살아요. 맘 편하게."

"편하긴 무슨. 그 호랭이 굴속으로 내가 미쳤다고 들어가느냐?"

'누가 호랑이고, 무슨 굴속이야? 엄마 진짜 왜 그래'

"엄마, 그럼 내가 내려와서 살까? 여기 리모델링해서 엄마랑 나랑 같이 카페하자. 우리 집이 바다도 보이고, 위치가 좋아."

그제야 엄마가 눈을 들었다.

"무슨 소리햄시니. 쓰잘데기 없는 말 하지 말고, 확 올라가라. 절대 내려 왕 살 생각하지 말아."

"왜, 엄마도 나랑 같이 살면 좋잖아."

"다른 사람 하는 건 다 좋아 보인다마는 막상 살아 보민 밸 거 어신다. 카페? 여기 카페차렸당 망해그네 나간 사람들이 얼마나 많은 줄 알암시냐? 보기 좋댄 다 좋은 게 아니여. 너는 그냥 김서방 옆에 딱 붙어그네 살아. 그게 너가 할 일이난."

"그럼 엄마는? 엄마는 계속 이렇게 혼자 살 거야?"

"무사 혼자고? 나 혼자 아니여. 하다 나 생각허지 말앙 올라가라."

그때 길에서 '빵' 하는 클락션 소리가 들렸다. 엄마는 기다렸다는 듯이 뛰쳐나갔다. 간다는 말도 없이 나가는 엄마의 뒷모습은 가볍고 시원했다. 집에 가자마자 남편이 어떻게 됐냐고 물어볼 게 뻔했다.

'뭐라고 해야 하나.'

할 말이 없었다. 나가려고 가방을 들고 현관문을 나서는데, 마당에 트럭이 들어왔다. 창섭이었다. 조수석에서 열 살 남짓한 여자아이 둘이 내렸다. 집 안에 있던 개가 먼저 뛰쳐나갔다.

아이가 안고 있던 강아지를 마당에 내려놓았다. 아이들은 꼬리를 흔들며 빙빙 도는 강아지들을 따라 다니며 소리를 질렀다. 창섭은 공구 가방을 들고, 집으로 들어왔다.

"어머니가 수도꼭지가 고장났다고 해서"

옆으로 비켜서자 창섭이는 익숙한 듯 부엌으로 갔다. 차에 가려던 발을 돌려 집 안으로 들어갔다. 창섭은 물이 새는 수도꼭지를 뜯어내고 새 수도꼭지로 갈아 끼웠다. 능숙한 솜씨였다. 부엌에서 나온 창섭이 화장실 문을 열었다 닫았다. 여닫을 때마다 끽끽 소리가 요란하게 났다. 방광이 약한 엄마는 소변이 잦았다. 그래서 요강을 안방에 놓은 줄 알았다. 어쩌면 엄마가 밤에 화장실에 가지 못했던 건 저 소리 때문은 아니었을까. 창섭은 가방에서 스프레이 통을 꺼내더니 문에 달린 경첩에 뿌렸다. 그리고 몇 번 잡아당겼다. 문이 조용해졌다. 집에 돌아온 엄마가 얼마나 좋아할지 모를 일이지만, 내가 할 일을 창섭이 하는 것 같았다.

살가운 성격이 아닌 엄마는 할 말이 있을 때만 전화를 했다. 웬만하면 혼자 해결하려고 했지만, 그럴 수 없을 때 말을 꺼냈다. 그걸 알고 있기에 엄마의 전화가 반가우면서도 부담스러웠다. 엄마는 집에서 노는 사람이라고 표현했지만, 전업주부라고 해도 시간이 남아돌진 않는다. 엄마 눈에는 내가 아무 일도 하지 않는 사람처럼 보였을 것이다. 엄마가 생각하는 일이 어떤 건지에 따라 그 말은 맞기도 하고, 틀리기도 했다. 바쁘냐? 라는 말은 뭐 하느라 그렇게 바쁘냐였고, 알았다. 라는 말은 네가 그렇지 뭐.였다. 엄마에게 나는 일 없이 바쁜 사람이었고, 그 일이란 것은 내려오기 싫어서 만든 핑계와 변명에 불과했다. 엄마에게 일이 있어 못 간다는 말을 하고 나면, 늘 마음이 불편했다. 시간이 빌 때마다 엄마를 보러 갔다. 처음에는 반기던 엄마가 점점 심드렁해지더니 어떤 날은 잔뜩 화가 난 얼굴로 말을 쏟아냈다.

"오냐. 네가 그렇게 바쁘냐? 나도 너만 보면서 살 생각은 없다. 자식새끼 키워봐야 소용없다더니 내 자식도 틀린 게 없네."

엄마의 입에서 나오는 말은 오랫동안 기다리며 쌓아두었던 푸념이자 원망이었다. 한꺼번에 쏟아내는 말은 독하고 무거웠다. 나이가 들어도 가시 돋친 말을 들으면 마음이 아팠다. 신경써도 욕 먹고, 신경쓰지 않아도 욕을 먹었다. 잘하려고 해도 엄마는 늘 불만이었다. 뭐가 문제인지 알 수 없었다. 억울하고 섭섭한 마음에 나 역시 말이 곱게 나가지 않았다.

"엄마는 왜 그렇게 말을 해? 나는 뭐 한가해서 오는 줄 알아? 나도 없는 시간 쪼개서 오는 거라고."

"아고. 그러세요? 뒷방 늙은이 돌아보는 게 벼슬이다. 벼슬."

 이상하게 엄마 앞에서는 말이 빨리 나갔다. 마음에 없는 소리를 일부러 찾아냈다. 어떤 말이 엄마를 가장 아프게 할지 알고 있었다. 그 말만은 하지 말아야지 생각하는 순간, 그 말이 나갔다. 엄마는 한마디도 지는 법이 없었다. 그립고, 염려되던 마음이 시간이 지나면서 원망과 서러움으로 변했다. 반가움은 십 분을 넘기지 못했다.

 마을회관에 간 엄마가 회관 입구에서 창섭이를 만나고, 창섭이 인사하고, 엄마는 씽크대가 터져서 불편하다는 말을 흘리듯 했을 것이다. 창섭은 엄마의 말을 듣고 바로 우리 집으로 왔다. 엄마가 식당에 들어가고, 창섭은 윷놀이를 구경하다 말고 공구를 챙겼다. 그렇게 창섭이 우리 집에 오는 동안 나는 뭘 했을까? 옆에 사는 사람이 최고라는 말은 빈말이 아니었다.

*

어렸을 때, 아빠와 밤낚시를 간 적이 있었다. 여름 바다는 밤새 한치잡이 배가 켜놓은 조명으로 환히 빛났다. 저녁을 일찍 먹고, 용머리 해안가에 도착했을 때, 낚시하는 사람들이 많이 있었다. 파도가 있어서 고기가 잘 잡힌다는 말을 주고받았다. 아빠는 산등성이 중간쯤에 자리를 잡고 낚싯대를 던졌다. 바다와 산이 붙어 있는 곳이었다. 물고기가 유독 많이 잡혔다. 낚싯줄에 물고기들이 줄줄이 딸려 들어왔다. 미끼를 끼우자마자 줄이 날아갔다. 잡은 물고기를 양동이에 넣느라 바빴다. 그러는 사이 파도는 점점 높아지고 있었다. 우리보다 조금 아래에서 낚시하던 동네 삼촌과 뻠뿌가 우리 쪽으로 왔다. 순식간에 별들이 사라졌다. 한치 배들도 어디로 갔는지 바다가 새까맸다. 파도가 심상치 않았다. 아빠와 동네 삼촌들이 서둘러 낚시도구들과 양동이를 챙겼다. 해안가로 가는 길은 이미 파도가 들어찼다고 했다. 산등성이를 넘어갈 수밖에 없었다. 산을 넘으려면 절벽 사이를 건너야 한다. 한 사람이 겨우 지나갈 수 있는 길 아래 검은 파도가 요동치고 있었다. 덜컥 겁이 났다. 한 발짝만 잘못 떼도 안된다는 걸 본능적으로 알았다. 다리가 후들거렸다. 아빠가 앞에 서고, 내가 가운데에 있고, 뻠뿌가 뒤에서 따라왔다. 아빠의 등을 보면서 걸었다. 양동이와 낚싯대를 잡은 아빠가 신중하게 걸음을 뗐다. 밑을 보면 안 된다고 생각할수록 시선이 자꾸 아래로 향했다. 처음 보는 사나운 밤바다의 모습에 정신을 차릴 수가 없었다. 머리는 조심하라고 했지만, 몸이 자꾸 휘청거렸다. 그때마다 뻠뿌가 뒤에서 몸을 받쳐주었다. 나도 모르게 손을 내밀었다. 크고 거친 손을 잡았다. 따뜻했다. 손에 힘을 꽉 주고 걸었다. 파도 소리가 희미하게 들렸다. 이제 살았다 싶었는데, 뻠뿌가 손을 놓지 않았다. 길게 자란 풀들과 커다란 돌들로 바닥이 울퉁불퉁했다. 돌부리에 걸려 넘어질 뻔했다. 뻠뿌가 손에 힘을 줘서 중심을 잡아주지 않았다면 몇 번이나 넘어졌을 것이다. 살얼음 걷듯 내딛는 발에 집중했다. 아스팔트 도로에 도착하자 다리에 힘이 풀렸다. 아빠는 삼촌들과 인사를 했다. 뻠뿌와 눈이 마주치자마자 고개를 돌렸다. 집에 오는 내내 아빠는 창섭이가 없었으면 큰일 날 뻔했다고 말했다. 나는 아무 말도 하지 않았다. 아빠는 내가 겁을 먹었다고 생각했는지 집에 갈 때까지 눈을 붙이라고 했다. 눈을 감자 검은 바다가 눈앞으로 밀려 들어왔다. 꼭 배에 탄 것처럼 울렁거렸다. 넘어질 때 잡아주던 투박한 손이 떠올랐다. 고맙다고 말할걸. 위급한 순간에 손을 잡아준 사람에게 고맙다는 말도 못 하고, 어찌할 줄 모르는 것이 바보같았다.

그때와 달라진 게 없다. 창섭은 언제나 그 자리에 그 모습인 채도 있었다. 누가 뭐라고 하든, 무슨 일이 생기든 피하지 않고 묵묵히 견디며 살고 있다. 어릴 때는 가만히 있는 것이 바보처럼 느껴졌다. 지금은 잘 모르겠다. 멋진 어른이 되고 싶었는데 나이를 허투루 먹었다. 어른이 되는 건 나이와 상관없었다. 도움을 받았으면 고맙다고 말하고, 좋으면 좋다고 하면 된다. 그게 뭐라고 아닌 척 시치미를 떼고, 관심 없는 사람마냥 먼 산을 보는 체하며 사는 건지 모르겠다. 타인의 시선을 의식하고, 좋고 싫음에 민감하게 반응하면서, 정작 내가 하고 싶은 것은 하지 못하고, 해야 할 것도 똑바로 하지 않았다.

"저, 고맙습니다."

창섭이 쳐다봤다. 눈동자가 까맣고 컸다. 말하기 전에는 어려웠는데, 막상 입을 떼니 별일도 아니었다. 솔직하기만 하면 되는 일이었다.

"엄마한테 얘기 많이 들었어요. 삼촌 덕분에 제가 마음이 놓여요. 정말 감사합니다."

뻠뿌가 아니 창섭의 얼굴이 빨개졌다. 아이들은 어른들이 뭘 하는지 상관없이 마당에서 개들과 장난치기에 바빴다. 엄마는 늦을 것이다. 인사를 하지 못하고 가는 게 마음에 걸리지만,

지금 출발해야 아이들 픽업 시간에 맞춰 도착한다. 시동을 걸자 기다렸다는 듯이 남편의 전화가 걸려왔다. 핸드폰 화면에 '내사랑'이 떴다. 벨소리는 끈질기게 받기를 강요했다. 끝까지 전화를 받지 않았다. 부재중이 떴다. 갓길에 차를 세웠다. 음악 어플에서 "도어즈[1]"를 찾았다. 왜 '도어즈'가 듣고 싶어졌는지 모르겠다. 고등학교 때 테이프가 늘어나도록 들었는데, 언제부턴가 듣지 않았다. 외면하고 살다 보니 잊은 줄 알았다. 아니었다. "도어즈"의 노래가 듣고 싶다고 생각하자, 듣지 않으면 미칠 것만 같았다. 짐 모리슨의 흥얼거리는 목소리가 흘러나왔다. 흐느끼듯 속삭이듯 유혹하듯 나지막하게 읊조리다 강렬한 기타 소리와 함께 노래는 절정을 향한다. 가만히 있지 말고 모든 것을 불태우라고 한다[2].반복 재생을 설정하고 출발했다. 심장을 찢어 놓을 것 같은 기타 소리가 끊어질 듯 끊기지 않고 이어졌다. 핸들을 잡은 손을 가볍게 두들기며 노래를 따라 불렀다.

"이 뻠뿌야. 빙신, 팔보, 귀껏, 뚜레. 바보, 멍청이."

---

[1] 도어즈 : 1960년대 록 음악계를 풍미했던 밴드이자 사이키델릭 록이라는 장르를 대표하는 짧게 굵게 임팩트를 남긴 전설적인 밴드.
[2] Light my fire : 도어스의 대표곡이자 1960년대 사이키델릭 록 최고의 명곡으로 손꼽히며, 롤링 스톤 선정 500대 명곡에서 310위에 랭크되었다.

노래를 부르다 말고 소리쳤다. 상대가 없는 비명이었다. 혼자 소리를 지르는 게 꼭 뻠뿌같았다. 좋아하는 것이 뭔지도 모르는 뻠뿌, 하고 싶은 말도 제대로 못 하는 뻠뿌. 그런데 우물 속에 있는 물을 퍼 올리려면 뻠뿌가 필요하지 않나? 그럼 나쁜 뜻이 아닌데 왜 뻠뿌가 이상한 말이라고 생각했지? 잘 알지도 못하면서 아는 체하고, 보이는 것만 보느라 보이지 않는 것은 외면하고, 타인의 시선에 신경쓰면서 정작 나에게는 관심이 없었다. 그러고 보니 어렸을 때나 지금이나 똑같다. 나이를 헛먹었다. 진짜 바보다. 그러거나 말거나 집에 가는 내내 짐 모리슨은 모든 것을 불태우라며 소리를 지르고 있었다.

# 마당 깊은 집

나를 집어 던져
네가 원하는 곳으로 어디든 던져라
나는 거기서도 내 다이몬을 평정하게 유지할 것이다

- 마르쿠스 아우렐리우스 -

일요일 저녁 8시에 그녀가 커다란 가방을 들고, 마당으로 들어왔다. 초인종 소리가 들리자마자 뛰어나간 남편이 그녀의 가방을 건네받았다. 그녀는 환하게 웃으며 남편을 쳐다봤다. 현관에 서서 그들을 본다. 현관 센서 등이 꺼졌다. 고개를 옆으로 돌리자 다시 켜졌다.

"어서 오세요."

맛집 사장처럼 과장되게 웃으며 말했다.

"내가 데리러 간다니까."

"뭐하러 수고스럽게. 택시 타면 금방인데."

"저녁은?"

"먹었지."

집 안으로 들어온 그녀가 자연스럽게 안방으로 들어갔다. 그

뒤를 가방을 든 남편이 따라갔다. 어머니가 누워계신 방에선 주말연속극이 흘러나오고 있었다. 남편이 들어가며 문을 닫았다. 따라 들어갈 생각은 없었지만, 바로 앞에서 문이 닫히자 당황스러웠다. 부엌으로 가서 물을 끓였다. 어떤 찻잔을 꺼낼까. 그래도 손님인데, 얼마 전에 공구한 빈티지 커피잔을 세트로 내놓을까. 그릇에 관심이 많은 그녀는 보는 순간 알아차릴 게 뻔했다. 인터넷에서 공동구매로 싸게 샀다고 말하는 것은 변명처럼 들릴 수 있다. 무난한 게 좋다. 하얀 머그잔 세 개를 꺼냈다. 커피포트가 한바탕 야단스럽더니 '탁'하는 소리와 함께 조용해졌다. 물을 따르자 컵 속이 빨갛게 변했다. 히비스커스 차다. 심신 안정에 좋다고 해서 최근에 커피 대신 마시고 있다. 쟁반에서 컵을 내려놓기도 전에 그녀가 말했다.

"난 커피가 좋은데. 올케, 믹스커피 없어?"

심신 안정이 필요 없구나. 입을 삐쭉 내밀다 말고, 정신을 차렸다. 억지로 입꼬리를 올리려니 볼에 힘이 들어갔다. 불쾌했지만, 최대한 티를 내지 않으려고 하며 웃었다.

"다시 가지고 올게요."

"미안해."

일회용 커피의 비닐을 뜯으며, '미안하다'라는 말을 생각한다. 뭐가 미안할까? 히비스커스차를 마시지 않아서? 차를 준비하고 간 사람에게 믹스커피를 주문해서? 주문을 받기 전에 마음대로 메뉴를 선택한 건 나였다. 미리 뭘 마실 건지 물어봤어야 했나. 커피숍도 아니고, 우리 집인데. 주는 대로 그냥 먹으면 안 되는 거야? 커피를 타는 건 힘든 일이 아니다. 마음의 문제다. 대놓고 내가 주는 걸 마다하고, 자신의 취향이 확고한 사람과 일주일을 살아야 한다. 히비스커스차를 몇 잔 마셔야 내 심신은 안정될까.

 커피를 마신 시누이가 짐을 정리하는 동안, 남편과 마트에 갔다. 누나는 아무거나 잘 먹는 사람이니 신경쓰지 않아도 된다는 말은 도움이 되지 않았다. 남편에게는 편한 누나였지만, 나에게는 불편한 손윗 시누이였다. 남편은 그게 그거라고 하지만, 그것은 그게 아니었다. 신중하게 마트를 돌았다. 커피믹스를 원하는 사람에게 또다시 히비스커스차를 주고 싶지 않았다. 뭐를 좋아하는지, 필요한 게 뭔지 꼬집어 말해주면 좋겠는데, 아무거나 괜찮다는 말은 해석이 어려웠다. 아무거나 괜찮은데, 이건 못 먹어. 아무거나 괜찮은데 혹시 다른 건 없어? 정말 아무거나 괜찮아. 아, 근데 나 새우는 못 먹어. 아무렇지 않게 나오는 말에 아무렇지 않게 반응할 수 없었다. 앞서 생각하지 말자고 다짐해도 생각이 혼자 앞장서나갔다. 골치가 아팠다. 남편에게 커피나 한잔 마시고 들어가자고 했다. 남편은 앞만 보고 운전했다. 대답이 없는 건 싫다는 표시였다. 누나가 집에 왔는데 빨리 들어가야 한다고 생각하고 있을 게 뻔했다. 남편은 황색불에서 속도를 높여 지나갔다. 평소라면 하지 않았을 행동이었다. 남편을 아는 사람들은 입을 모아 얌전하고 착한 사람이라고 말한다. 남편과 결혼한 이유도 착해서였다. 양보와 배려가 몸에 배어 있는 남편은 쉽게 속을 드러내지 않았다. 남편이 하는 말이 아니라 행동으로 속을 헤아리고 맞추며 사는 법을 익혔다. 나는 착하지 않았지만, 남편 옆에 있으면 착하다는 소리를 들었다.

  마당에 차를 세우자 시누이가 달려왔다. 남편이 차 트렁크를 열자 기다렸다는 듯이 시장바구니를 꺼내 들고 부엌으로 갔다. 사고 온 물건들을 바닥에 꺼내놓았다.
"제가 할게요."
"괜찮아"
  몸이 빠르고 눈썰미가 좋은 시누이가 물건들을 꼼꼼하게 살피고 난 후, 냉장실 문을 열었다. 어제 만든 멸치볶음과 어묵 반찬은 뒤로 물러나고, 시금치 무침과 열무김치를 앞쪽으로 당겼다. 야채와 고기, 과일을 냉장고에 넣었다. 시누이가 냉장고 정리하는 걸 보고 있는데, 이상하게 얼굴에 열이 올랐다. 정리가 끝난 시누이가 씽크대를 닦았다. 설거지거리도 없는데, 뭘 하는 걸까? 물기가 채 마르지 않은 개수대를 행주로 닦는 걸 보며 또 얼굴이 빨개졌다. 마른 행주질을 마친 시누이가 손을 비비며 거실로 나갔다. 시누이가 웃으며 "올케"라고 부르면 마른오징어를 씹고 싶어진다. 언젠가 뉴스에서 사람들이 장화를 신고 오징어를 밟는 장면을 본 후부터 남편은 오징어를 먹지 않았다. 같이 봤지만 나는 상관없었다. 누군가에게 밟히고 말려지는 건 오징어뿐만이 아니었다. 안방 문이 반쯤 열려 있다. 열린 문 사이로 어머니의 등이 보인다. 텔레비전은 종일 켜져 있다. 채널은 돌아가지 않았다. 드라마 소리가 부엌까지 들렸다. 어머니는 잠잘 때만 보청기를 빼놓는데, 요즘은 그것도 잊어버리는 일이 많았다.

 결혼하고 얼마 지나지 않았을 때였다. 어머니가 텔레비전을 끄지 않고, 잠자리에 들었다. 조용히 방에 들어가 전원 버튼을 눌렀는데, 어머니의 목소리가 들렸다.

"보고 있는데 왜.?"

"주무시는 줄 알았어요."

 뻘쭘해서 말이 더디게 나왔다. 어머니는 텔레비전을 켜더니 다시 눈을 감았다. 특별하게 아픈 곳은 없다는데, 어머니는 일어날 생각을 하지 않았다. 외출도 하지 않았다. 아침에 일어나 하얀 속옷 위에 한복을 입고 다시 누워 텔레비전을 봤다. 하루 세 번 밥상이 들어갈 때가 일어나는 시간이었다.

 밥때가 아닌데, 어머니가 일어나 마당으로 나간 날이 있었다. 뚜렷하게 기억나는 장면은 있는데, 언제인지 기억이 가물거렸다. 일정을 적은 탁상달력을 집어 들었다. 거실과 안방에서 나오는 텔레비전 소리로 집이 웅성거렸다. 정신이 사나웠다. 아무 말도 하지 않고 텔레비전에 시선을 고정시킨 남매의 옆모습이 찍은 듯이 닮았다. 시누이의 각진 턱이 엄격해 보인다. 뼈가 앙상하게 드러난 얼굴에는 기미가 잔뜩 올라왔다. 뿌리염색을 할 때가 된 머리는 쳐다보면 민망할 만치 하얗게 세었다. 시누이는 혈관이 울퉁불퉁하게 솟아난 마르고 긴 손가락으로 머리를 쓰다듬으면 화면을 보고 있었다. 미용실에 갈 날을 헤아리고 있는 것 같았다. 털털한 척해도 사실은 다른 사람의 시선을 의식하고 사는 사람이다. 누구 하나 만만한 사람이 없다.

\*

 남편을 처음 만난 건 대학 MT에서였다. 어느 정도 술이 들어가자, 신입생들이 앉아 있는 자리에 선배들이 끼어들었다. 친목 도모를 위함이라고 했다. 옆에 있는 사람끼리 고개를 돌려가며 통성명을 하고, 학번을 말했다. 동기들은 5살 많은 선배를 아저씨라고 불렀다. 선배는 선천적으로 술이 받지 않는 사람이었다. 선배 말로는 얼마 마시지 않았다고 했는데, 자리에 앉을 때 이미 얼굴이 빨개져 있었다. 나는 술고래인 아빠를 닮아 술을 잘 마셨다. 소주 두 잔에 타들어가는 남자의 얼굴이 신기했다.
 "119 불러야 될 것 같은데?"
 작게 말했는데, 선배가 피식 웃으며 얼굴을 들었다. 눈이 마주쳤다. 얼굴이 화끈거렸다. 다음 술자리부터 선배의 흑장미를 자처했다. 몇 번의 설레임 포인트가 있었지만, 선배는 선을 넘지 않았고, 나도 아쉬울 게 없었다. 선배는 과 선배일 뿐이었다.

  첫 번째 사랑이 절절하게 시작해서 구질구질하게 끝났다. 연애 초기에는 하루도 빠지지 않고 데리러 오는 남자가 좋았다. 뭐든 내가 하자는 대로 했고, 사랑한다는 말을 아끼지 않았다. 사랑하고 사랑받는 감정만으로 충만한 시간이었다. 그러나 친절하고 다정한 사람인 줄 알았던 남자는 집요하고, 예민한 사람이었다. 옷차림부터 웃음까지 자신의 통제안에 들기를 원했다. 어느 날 남자가 핸드폰을 보여 달라고 했고, 거절하자 남자가 화를 냈다. 처음 보는 모습에 당황했다. 일거수일투족을 궁금해하는 것은 사랑이 아니라고 말하자, 남자는 그런 생각이 잘못된 거라며 소리쳤다. 언제부턴가 집 앞에 불쑥불쑥 찾아오는 남자가 무서워졌다. 사내 커플이었던 남자와 헤어지고, 회사에 이상한 소문이 돌았다. 헤어지면 후회하게 만들 거라는 말은 거짓이 아니었다. 어느 날 술에 취한 남자가 집 앞에서 죽어 버리겠다며 소란을 피웠고, 경찰이 출동했다. 다시 사랑할 자신이 없었다.
  선배를 만난 건 남자와의 이별로 힘들어하던 바로 그때였다. 예전에 다녔던 대학 근처에 있는 서점에 들어갔을 때, 선배는 신간 소설을 읽고 있었다. 오랜만이었지만, 첫눈에 알아봤다. 선배의 어깨를 가볍게 쳤다. 책에서 눈을 뗀 선배는 그러나 나를 못 알아보는 것 같았다.

 '뭐야. 왜 못 알아봐? 내가 그렇게 많이 변했나? 머리 모양이 바뀌어서 그런가? 화장이 진한가? 괜히 아는 척을 했나?'

 하며 난감해하고 있는데, 선배가 웃으며 "119"라고 말했다. 우연은 때론 설렘을 동반한다. 선배가 사귀자고 했을 때, 망설이지 않았다. 대학을 졸업하고 만난 선배는 학교에서 볼 때보다 성숙한 어른이 된 것 같았다. 선배는 몇 번의 이별을 겪었다고 했는데, 그래서인지 선배와 있으면 편안했다. 너무 가깝지도 멀리 떨어지지도 않았다. 선배는 딱 좋을 만큼의 거리를 유지했다. 다시는 남자를 만나지 않겠다고 다짐한 지 얼마 지나지 않았지만 상관없었다. 이 사람은 다를 것 같았다. 착각일지 몰라도 달라야 했다. 선배는 조만간 제주로 내려갈 예정이라고 했다. 어머님과 함께 살아야 한다는 것조차 마음에 들었다. 요즘 시대에 보기 드문 착한 사람이었다. 어쩌면 나는 착하다는 말에 넘어갔는지도 모른다. 혹은 착한 사람은 나를 힘들게 하지 않을 것이다. 라는 착각에 빠졌는지도.

 제주, 결혼, 안정된 삶, 바다, 오름. 선배의 입에서 나오는 모든 단어가 마음에 들었다. 결혼하겠다고 했을 때 엄마는 활짝 웃으며 반겼지만, 아빠는 뒤로 돌아앉은 채 담배만 피웠다.

"아빠는 네가 어떤 남자를 데려와도 만족하지 못할 거야."

라며 엄마가 입을 삐쭉거렸다. 어렸을 때 아빠 같은 남자와 결혼할 거라고 말하면 아빠는 껄껄 웃었다. 선배는 아빠와 전혀 다른 사람이었다. 술을 못 마시고 숫기가 없었다. 선배를 집에 초대하고 제일 걱정이 되는 것이 그 부분이었다. 분명, 아빠는 선배에게 술을 권할 것이고, 착한 선배는 거절하지 않고 다 마실 것이다. 아빠는 술 취한 선배가 어떤 모습을 보일지 매의 눈으로 지켜볼 것이 뻔했다. 아빠 앞에서 흑장미를 자처할 수도 없었다. 선배는 나의 우려와는 달리 아빠가 주는 술잔을 잘 받아 마셨다. 보는 사람이 걱정할 정도로 빨간 얼굴을 하고, 그 와중에 정신을 똑바로 차리려고 하면서 버티고 있었다.

"이제부터 우리 사위한테 술 주지 마."

선배가 집에 온 지 두 시간이 지났을 즈음 엄마가 '사위'라고 부르며, 아빠가 건네는 술잔을 대신 받았다. 합격이었다. 그제야 선배는 화장실을 찾았다. 집 안에 있는 화장실은 민망할 것 같아 대문 옆에 있는 화장실로 데리고 갔다. 선배는 편안해진 얼굴로 나오더니 조금 있다 들어가자고 했다. 깊은 밤이었다.

불이 환히 켜진 집에서 사람들의 왁자지껄한 소리가 들려왔다. 담벼락을 따라 난 동네 작은 길을 걸었다. 비틀거리며 걷는 선배의 손을 잡았다. 뜨거웠다. 함께 있으면 나까지 탈 것 같았다. 가로등 불빛이 닿지 않는 곳에서 선배가 손을 잡아끌었다. 차갑던 손에 온기가 퍼졌다. 나는 양말을 두 개 신어도 항상 발이 시렸다. 선배는 내 손이 차가운 게 좋다고 했다. 처음으로 노곤하게 몸이 녹아내린다는 느낌을 받았다.

"소영이를 행복하게 해 주겠습니다."

말이 없던 그가 부모님 앞에서 한 말을 믿었다. 그 말 뒤에 생략된 건지 잊었던 건지 모르는 말이 있었다.

"제주도에 내려가서 혼자 계신 어머님과 함께 살아야 합니다. 시누이 4명 중 2명은 서울에 살고, 2명은 집 근처에 살고 있습니다. 어머님은 귀가 안 들리십니다."

결혼하고 나서 왜 말하지 않았냐고 해봤자 소용이 없었다. 나는 내가 할 수 있는 일만 하기로 했다. 친구들은 질색하며 결혼을 말렸다. 왜 그렇게 서두르냐는 것이었다. 틀린 말은 아니었다. 회사에 사직서를 내고, 집에서 쉬는 동안 결혼 준비를 했다. 상황이 그렇게 됐다고 말했지만, 도망가듯 결혼을 서두른 건 사실이었다. 끔찍했던 과거에서 벗어나고 싶다는 생각이 강했고, 때마침 결혼하자는 사람이 나타났다. 누군가 말했듯 결혼은 타이밍이었다.

*

 처음 제주에 있는 남편의 집에 갔을 때 대문을 들어서자마자 웃음이 나왔다. 평생 꿈꾸던 마당 있는 집이 눈앞에 있었다. '아이가 태어나면 옥상에 이 층을 올려야지. 벽을 하얗게 칠하고 현관문을 바꿔 달 거야. 피아노를 사야지. 우리 집을 지나가는 사람들은 피아노 소리를 들으며 대문 안을 궁금해하겠지.' 오랫동안 꿈꾸던 그것은 나만의 로망이었다. 어렸을 때 살던 집은 언제나 시끄러웠고, 모든 것을 공유했다. 세 명이 누우면 꽉 차는 방이 두 개 있었는데, 그곳에서 할머니와 할아버지, 그리고 다섯 식구가 살았다. 개인적인 공간은 찾으려고 해도 찾을 수 없었다. 천장에서는 쥐들이 뛰어다녔다. 엄마를 졸졸 따라다니며 넓은 집으로 이사하자고 졸랐다. 빨래를 개던 엄마는 옆에 있던 세탁소 옷걸이를 들었다. 그러거나 말거나 집이 좁다고 징징거리다 플라스틱 옷걸이가 휘어지도록 맞았다. 잠 자려고 누우면 낮에 맞은 등이 아파서 바로 누울 수가 없었다.

한번은 피아노 학원에 보내 달라고 했다가 평생 들을 욕을 한꺼번에 들었다. 갖고 싶은 것도 많고, 하고 싶은 것도 많았던 나는 정작 할 수 있는 것이 아무것도 없었다. 어른이 되면 예쁘고 좋은 집에 살겠다고 생각하며 잠이 들었다. 내가 선택한 삶을 살고 싶었다. 원하는 것을 꿈꾸기만 하는 건 재미없었다. 억눌리고 제지당하는 것은 기분 나쁜 일이었다.

  어머니는 종일 방에서 나오지 않았다. 딱히 손이 갈 일이 없었다. 결혼 초기에는 식탁에서 같이 밥을 먹었다. 어머니는 우리가 밥을 다 먹을 때까지 반도 안 먹었다. 조금씩 드셨고 오래 씹었다. 남편은 밥을 빨리 먹었다. 빈 그릇을 치우며 "천천히 드세요."라고 말하면, 어머님은 대답하지 않았다.
  그러던 어느 날 남편이
"엄마가 다음부터는 방에서 먹고 싶대."
라고 말했다.
"그래요? 알았어요. 근데 왜 나한테 직접 말하지 않고."
"미안해서 그럴 수 있지."
"그런가?"
  아무래도 아들이 편하시겠지. 하면서도 뭔가 실수한 건 없나 자꾸 행동을 되짚어봤다. 딱히 생각나는 게 없었다. 둥근 쟁반에 한 끼 밥상을 만들어 안방에 가져갔다.

  친구들에게 그 얘기를 했더니,

"힘들어서 어떡하냐."며 혀를 찼다.

"생각보다 힘들지 않아." 하면

"정말 착하다."라고 했다.

  착하다는 말이 이상하게 들렸다. 언제부턴가 사람들은 시어머니를 모시고 사는 나를 동정하기 시작했다. 괜찮아서 괜찮다고 한 말이 닿지 않고 사라졌다. 내가 하는 것 이상으로 뭔가를 하는 사람이 됐다. 괜찮다고 한 말은 사실이었다. 나는 시어머니를 할머니 대하듯 했다. 어렸을 때 할머니, 할아버지와 함께 살아서 그랬는지도 모른다. 엄마는 투덜거리면서도 40년이 넘도록 시부모님을 모셨다. 그래서 나도 그러려니 했다. 아빠는 술만 마시면 노름 밑천을 내놓으라며 닥치는 대로 집어 던졌다. 나는 엄마에 비하면 양반이었다. 시간 맞춰 밥상을 차리기만 하면 나머지 시간은 자유였다. 고통은 지극히 주관적이다. 사람마다 고통의 강도는 다르다. 남들은 힘들겠다고 생각하는 것들이 막상 해보면 아무것도 아닐 때가 있다. 반면에 그 정도는 다들 하며 사는 거 아냐 하며 쿨하게 반응하는 사람도 자기 손톱의 가시가 아파서 어쩔 줄 모른다. 누군가 삶은 고작 발에 박힌 가시를 빼내는 일이라고 말했다. 고작 발에 박힌 가시를 빼내려고 사람은 안간힘을 다해 살아간다. 내 발에 박힌 가시와 네 가시 중에 누구 가시가 더 큰지 비교하며 살기도 한다. 친구들은 나만 보면 힘들겠다고 하지만, 나는 정말 괜찮았다. 꽃길만 걷게 해 준다는 말에 결혼했지만, 꽃길에도 비가 내리고 바람이 분다. 좋은 것도 나쁜 것도 아니었다. 그저 나에게 주어진 일을 할 뿐이었다. 더 잘하려고 하다 보면 기대하게 되고, 기대는 실망을 동반하고, 실망은 언제나 자책으로 끝난다. 댓가를 생각하지 않고 움직이면, 기대할 일이 없고, 따라서 실망할 일도 속상할 일도 없다. 어머님에게 중요한 것은 삼시세 끼였다. 아침 7시 30분, 점심 12시, 저녁은 6시 먹었다. 종일 방에서 때만 기다리는 사람 같았다. 자연스럽게 어머니의 시간표에 일상을 맞췄다. 남편이 출근하면 집을 얼추 치우고 운동복으로 갈아입는다. 나갈 때 보면 반쯤 열린 문으로 어머니의 등과 켜져 있는 텔레비전이 보였다. "다녀오겠습니다." 말은 했지만, 대답을 들은 적은 없었다.

  친구와 만날 때 시누이에게 받은 명품 가방을 들고 갔다. 눈썰미 좋은 친구가 바로 알아보곤 예쁘다며 호들갑을 떨었다. 딱 가방만큼 대접받은 기분이었다. 친구에게 시댁 땅에 대해 말했더니 친구가 몸을 앞으로 기울이며 비밀을 말하듯 속삭였다.

"뭐든 준다고 할 때 일단 받아. 돈 앞에 장사 없어. 사람 마음 다 똑같아."

"우리 집은 달라. 시누이들이 얼마나 좋은데. 설마 그러려고."

친구는 '이런 순진한 사람 같으니' 하는 표정으로 혀를 찼다. 사람 일은 모르는 거라며 하루빨리 명의 변경부터 해야 한다고 강조했다.

"좋을 때는 다 좋지. 문제가 생겨봐. 일단 자기꺼 먼저 챙기는 게 사람이라니까."

친구는 골치가 아프다는 듯 얼굴을 찡그렸다.

"난 잘 모르겠어, 남편이 알아서 하겠지."

"남편이 왜 남편인 줄 알아? 남의 편이라 남편입니다요. 순진한 친구님."

정중하게 하는 말에 기분이 나빴다. 딱히 대답할 필요가 없는 말이라 커피를 마셨는데, 진한 맛이 확 올라왔다. 한 모금 마시고 커피잔을 내려 놨다.

"너도 힘들구나."

 갑자기 왜 그런 말을 했는지, 친구와 헤어지고 오는 내내 생각했지만, 알 수 없었다. 아는 사람들에게 행복하다고 하면, 그러지 말고 불행을 내놓으라고 닦달했다. 그들은 마냥 행복하고 좋을 수만은 없다고 말했다. 괜찮다는 말을 믿지 않는다. 어머니와 사는 것은 힘든 일도, 대단한 일도 아니라고 하면 마지못해 "착하다"는 말이 돌아왔다. 그건 내가 아는 착함과는 다른 느낌이었다. 그렇지만, 나는 여전히 착하다는 말이 좋았다. 착하다는 형용사에 둘러싸이는 순간, 말과 행동이 착해진다. 나는 그다지 착한 사람이 아니었지만, 착한 사람이고 싶었다. 착한 사람은 순한 사람이고, 순한 사람은 무해한 사람이다. 착한 시어머니와 착한 남편과 살다 보니 나도 착해졌나? 착함도 전염이 되는 걸까? 착하다는 말을 들을 때마다 착한 사람들이 사는 성에 벽돌이 올라갔다. 마당 깊은 집에는 착한 사람들만 살고 있었다.

 친정엄마는 착하다는 말을 싫어했다. 속에 있는 말을 쏟아내야 사는 사람이었다. 살가운 며느리를 원했던 할머니는 그런 엄마가 마음에 들지 않았다. 같은 집에 살면서 할머니와 엄마는 크게 부딪치지는 않았지만, 그렇다고 친하다고 할 수도 없었다. 각자의 영역을 침범하지 않고 사는 법을 아는 것 같았다. 할머니는 살림살이에 관심을 두지 않는 것 하나로 며느리의 역할을 존중했다. 엄마는 시어머니와 사는 것에 별로 신경을 쓰지 않았다. 눈치 보며 사는 건 살아도 사는 게 아니라는 말을 자주 했다. 어렸을 때 살았던 집은 작고 허름했는데, 매일 걸레질을 해서 반질거렸다. 정돈이 잘 된 집은 깨끗한 머릿속 같았다. 할머니는 늘 엄마를 지켜보며, 잘못하는 거 없나 하고 꼬투리 잡을 생각만 했다. 아무리 할머니가 도끼눈으로 살펴봐도 엄마의 허물은 보이지 않았다. 할머니는 그럴 때마다 속을 숨기듯 욕을 했다. 주로 착하고 순한 사람들에게 할머니의 시선이 돌아갔다. 정작 할머니가 거동을 못 하게 되자, 할머니의 똥 기저귀를 치운 건, 할머니가 착하다고 말했던 사람들이 아니라 엄마였다.

어머님은 살림에 간섭하지 않았다. 부엌에도 거의 들어오지 않고 필요한 게 있으면 남편에게 말했다. 청소할 때 안방을 놔두는 게 마음에 걸렸다.

"어머님 방을 청소해야 하는데 어머님이 누워 계셔서 어떡하지?"

 소파에 누워 텔레비전을 보던 남편이 벌떡 일어났다. 리모컨이 떨어졌다.

"하지 마. 엄마는 남이 뭘 건드리는 걸 싫어해."

 남편이 말을 하고 나서 내 눈치를 살폈다.

"누나들도 엄마 방은 안 건드렸어. 알아서 청소하고 있을 거야. 그니까 신경 안 써도 돼."

 '남? 내가 남이야?'

 남편이 했던 많은 말 중 하나가 가슴에 꽂혔다. 남편은 방 청소를 하지 않아도 된다고 재차 강조했다. 나는 알았다고 대답했다. 하면 안 된다는 것을 알면서도 하는 날이 있다. 안 된다는 말에 왜? 라는 꼬리표가 붙었다. 그런 날, 그런 생각이 들면 이성보다 몸이 먼저 움직였다. 남편의 신신당부를 뒤로 하고, 거실 청소가 끝나자 방에 들어갔다.

"어머님, 청소 좀 할게요."

 어머니는 보청기를 끼고, 등장인물들이 서로에게 소리 지르는 드라마를 보고 있었다.

"어머니, 거실에 나가 계시겠어요? 제가 청소해 드릴게요."

"하지 말라."

"청소기 돌리고 걸레로 금방 닦을게요."

안방에 들어서는 순간 발바닥에 뭔가가 밟혔다. 앉아서 손바닥으로 쓸어냈다. 오돌토돌한 것들이 잡혔다.

"어머니, 여기 이렇게 과자 부스러기가 많아요. 이러면 개미 일어요. 어머니. 제가 얼른 청소기 돌릴게요. 한 번만 일어나 보세요. 네?"

"하지 말라게. 무사 영 말을 안 들엄시니."

어머니와 살면서 처음 듣는 목소리였다. 순간 소름이 끼쳤다. 거실에서는 안 보였는데, 한복들이 바닥에 아무렇게나 놓여 있었다.

"어머님, 한복 바닥에 두면 주름 생겨요. 제가 옷걸이에 걸어 놓을까요?"

"너 무사 경 햄시니. 하지 말랜 허난. 도라짱 아니가."

제주도 사투리는 잘 모르지만, 느낌으로 알 수 있었다.

'나를 밀어내는 말이구나.'

마음을 붙일 새도 없이 쏘아 붙는 말이었다. 뱃속 깊은 곳에서 끌어 당겨진 말, 더러운 말, 비난하고 욕하는 말, 그게 진심인지 아닌지 알아차리기도 전에 마음에 상처를 내는 말이었다. 나는 불시의 공격을 받고 휘청거리며 방을 나왔다. 남편은 매일 안방에 들어가 어머님께 안부 인사를 했다. 끈적거리는 바닥을 밟으며 걸었을 텐데 왜 아무 말도 하지 않았을까? 생각하고 또 생각했다. 방을 청소해야 하나? 말아야 하나? 방의 상태로 봐서는 청소하는 게 맞다. 그리고 보니 한복을 세탁한 적이 없었다.

'왜 한 번도 한복을 빨 생각을 못 했지?'

어머님의 한복은 예의와 격식을 갖춘 교양 있는 옷이 아니라 잠옷이었고, 일상복이었다. '이걸 건드려야 돼? 말아야 돼?' 이런 고민을 하는 것 자체가 짜증났다. 해야 할 일이 있으면 꼭 하고 마는 성격이 문제였다. 에라 모르겠다는 마음으로 안방을 청소하기 시작했다.

"미친년. 너 지금 뭐햄시니."

분명한 욕이었다.

할머니는 동네에서 유명한 욕쟁이였다. 참는 법이 없었고, 입이 거칠었다. 말은 험했지만, 행동은 그렇지 않아서 나는 할머니가 무섭지 않았다. 할머니의 욕이 재미있었다. 할머니를 따라 나도 욕을 잘했다. 제주에 내려온 후에는 욕할 일이 없었다. 한 번은 초등학교 4학년인 딸이 꼬박 꼬박 말대꾸를 하길래 "

너 이놈의 새끼."라고 했다가 남편에게 한 소리를 들었다. 남편은 집에서 욕을 들어본 적이 없다고 했다. 흔한 잔소리도 엄마는 하지 않았다며 남편은 나를 교양 없는 사람 취급했다. 5남매를 사랑만으로 키운 어머님은 아버님이 돌아가신 후 장한 어머니상을 받았다. 결혼 전 부모님은 남편의 아버지가 안 계신 게 마음에 걸리지만, 시어머니 되실 분이 워낙 점잖고 우아하셔서 마음이 놓인다고 했다.

"어디서 굴러먹다 들어온 년이 내 새끼를 차 앉아서 이제 나까지 몰아내려고. 니가 벨 짓을 해 봐. 내가 눈 하나 깜빡하나."

비릿하게 내뱉는 목소리에서 살기가 느껴졌다.

'저분이 내가 알고 있던 그분이 맞나? 어떻게 저런 말을 아무렇지도 않게 하는 걸까? 아니 도대체 언제부터? 어머니가 이런 말을 했다는 걸 아무도 믿지 않을 거야.'

손이 부들부들 떨렸다. 눈앞에서 벌어진 일이었지만, 실감이 나지 않았다.

할머니는 일상이 욕이었다. 기분이 좋으면 내 새끼였고, 기분이 나쁘면 씨발 놈의 새끼였다. 할머니의 개새끼는 욕이 아니라 일반명사였다. 하고 싶은 말을 다 하고 살았던 할머니는 90

세가 넘을 때까지 정정했다. 젊은 사람보다 기억력이 더 좋았다. 어머님은 할머니보다 훨씬 나이가 적은데도 한복을 입어서 그런지 비슷한 연배로 보였다. 그런데 이상한 일이었다. 할머니의 욕이 일상이라면 어머님의 욕은 증오에 가까웠다. 이를 바득바득 갈며 악에 받친 말을 쏟아냈다. 마치 오랫동안 삭히고 삭혀서 형태는 사라지고, 기운만 남은 것 같았다. 청소하러 갔다가 욕을 잔뜩 먹은 날 이후, 어머니는 입이 터진 사람처럼 대놓고 욕을 하기 시작했다. 남편이 출근하면 어머니는 방에서 나와 거실에 서서 소리를 질렀다. 처음에는 나한테 하는 욕인 줄 알고 충격을 받았는데, 듣다 보니 내가 아니었다. 어머니 눈에만 보이는 누군가가 있었다.

"여기 있는 거 다 알아. 빨리 나와."
"씨발놈의 새끼. 다 죽어버려."
"네가 어떻게 나한테 그럴 수 있어. 어떻게."

어머니는 욕을 하다 말고 울었다. 흐느끼다 달래고, 미안하다며 사과했다. 말로 하면 믿지 않을 것을 알기에 어머님이 욕을 할 때마다 카메라를 켰다. 한바탕 욕을 하고 나면, 어머니는 다시 반듯하게 누워 텔레비전을 봤다. 그 외는 다를 바 없는 일상이었다. 밥상을 문 앞에 놓고

"어머님, 식사하세요."

라고 하면 어머니가 일어나 상을 가져갔다. 어머니는 그릇을 깨끗이 비웠다. 누구에게도 어머님에 대해 말하지 않았다. 어머니가 한바탕 욕을 하고 나면, 다음날 어김없이 비가 내렸다.

*

남편은 마당에 관한 이야기를 종종 들려주었다. 큰누나가 태어났을 때 심었다는 감나무와 작은누나가 좋아하는 벚꽃 나무, 잎보다 꽃을 먼저 피우는 목련의 쓸쓸함과 도도함에 대해 말했다. 말 없는 남편이 수다쟁이가 되는 순간이었다. 딱히 기분이 나쁘거나 반감이 생기는 건 아니었다. 남편의 이야기 속에 내가 없는 건 당연했다. 남편의 말은 과거형이었다. 지나간 영광을 그리워하는 늙은 배우의 독백이었다. 그럴 때 남편의 눈에는 내가 보이지 않았다. 그저 자신의 이야기를 들어줄 사람이 필요할 뿐이었다. 한 번도 네가 좋아하는 나무는 뭐냐고 묻거나, 아이가 태어나면 우리도 나무를 심자는 말을 하지 않았다. 묘하게 거슬렸다. 나무 아래에 있는 작은 의자에 앉아 커피를 마시다가도 남편이 퇴근할 시간이 되면 집으로 들어갔다. 마당에는 아무 관심이 없는 척했다. 시아버지가 살아 계실 때 지은 집은 시내 한가운데 있는 단독주택이다. 주변에 건물들이 하나둘 들어섰다. 언제부턴가 하늘보다 옆 건물 유리창을 살폈다. 오래되고 커다란 나무들이 타인의 시선을 차단했다. 하늘에서 보면 도드라지게 보일 것이다. 주황색 지붕에 작은 일 층 집, 집보다 넓은 마당, 큰 나무들, 그리고 나무들 사이에서

 어머니가 오줌을 쌌다. 점심 먹은 것을 치우고 있는데, 한복이 끌리는 소리가 들렸다. 뭘 찾는가 싶어 거실로 나갔다. 어머님은 현관 앞에 서 있었다. 신발을 신기 전에 양손으로 머리를 곱게 빗어 넘겼다.

"어머님, 어디 가시게요?"

 물었지만 답이 없었다. 어머니는 하얀 고무신을 신고 밖으로 나갔다. 잔디가 깔린 마당을 걸어간 어머니가 동백나무 옆에서 멈췄다. 치마를 허리춤까지 걷어 올리고 다리를 양옆으로 쫙 벌리고 앉았다. 어머니의 속살은 아이처럼 뽀얗고 부드러워 보였다. 어머니가 마당에 쪼그리고 앉아 오줌을 싸고 있다. 너무도 자연스러워서 말이 나오지 않았다. 그 옛날 서라벌을 내려다보며 오줌을 쌌던 김유신의 누이처럼. 꿈이라면 저

오줌은 서라벌을 삼킬 것이다. 순간 정신이 돌아오면서, 마당으로 뛰쳐나갔다.

"어머니!"

목소리가 눌려서 나왔다. 어머니와 눈이 마주쳤다. 어머니의 눈동자 안에 내가 없었다. 나는 눈에 보이지 않는 존재였다. 들리지 않는 소리였다. 남편은 믿지 못하겠다고 했다. 당연한 반응이었다. 눈앞에서 목격했지만, 말하는 나도 믿기지 않는 건 마찬가지였다. 남편은 믿고 싶지 않은 마음과는 별도로 일어난 일을 받아들였다. 오랫동안 막내 시누이와 통화를 했다. 일주일 후에 누나들이 다 모이기로 했다고 보고하듯 말했다. 그 전에 작은누나가 와서 병원에 모셔간다고 하길래 알았다고 대답했다. 어머니와 병원에 갔다 온 막내 시누이가 커다란 가방을 들고 집으로 찾아왔다. 어머니는 욕을 하지 않았다. 마당에 나가지도 않았다. 방에서 막내딸과 나오지 않았다. 가끔 간식거리를 들고 방에 들어가면, 두 사람은 입을 다물었다.

\*

월요일 오후에 벨이 울렸다. 인터폰 화면에 4명의 얼굴이 보였다. 대문 안에 들어선 그녀들은 집에 들어오지 않고 마당을 둘러보기 시작했다. 마당에는 동백꽃이 한창이었다. 한겨울에도 두툼한 초록 잎으로 추위를 오롯이 견디고 있었다. 눈이 소복이 쌓인 바닥에 동백나무는 빨간 꽃을 떨어뜨렸다. 꽃이 눈 위에 떨어질 때마다 툭툭 소리가 났다. 서울 사는 시누이가 동백꽃이 참 예쁘다며 사진을 찍었다. 서 있는 자리 옆으로 작은 얼룩이 보였다. 한동안 유원지에 놀러 온 사람처럼 꽃 구경을 하더니 우르르 현관문을 열고 들어왔다. 누가 뭐라 할 새도 없이 안방으로 들어갔다. 크지 않은 방이 사람으로 꽉 찼다. 방이 어두웠다. 시누이들을 돌아 들어가 안방 불을 켰다. 어머님은 언제나처럼 반듯하게 옆으로 누워 있었다. 딸들이 왔는데도 일어날 기미가 없었다. 팔뚝에 자잘한 소름이 돋았다. 왼손으로 오른팔을 문질렀다.

"엄마, 저희 왔어요."

그제야 어머니가 얼굴을 들렸다.

"어? 무슨 일이야? 오늘 무슨 날인가?"

하며 천천히 일어났다. 습관처럼 양손을 들어 머리를 매만졌다.

"엄마."

서울 사는 시누이의 목소리가 떨렸다. 금방이라도 통곡할 기세였다.

"우리 엄마, 식사는 하셨어요?"

어머니는 배고프다고 말했다. 오후 3시였다.

"12시에 점심 드셨어요."

한 발짝 앞으로 나서며 말했다. 시누이들은 내 말에는 대답하지 않고, 자신들이 하고 싶은 말을 쏟아내기 시작했다.

"우리 엄마, 배고프구나. 뭐 드시고 싶으세요?"

"말만 해요. 다 사다 줄게."

"엄마가 좋아하는 게 뭐지? 가만있어 봐. 내가 뭘 좀 사 왔는데."

갑자기 목욕탕에 가고 싶어졌다. 살갗이 벗겨질 만큼 뜨거운 물에 몸을 담그고 싶었다. 목까지 열기가 차올라 도저히 못 참을 때가 되면 찬물을 한 바가지 몸에 붓고, 냉탕에 들어간다. 이가 시려 부들부들 떨면서도 이쪽저쪽을 오가다 보면 자잘한 소름들이 사라진다. 새로 산 때수건으로 몸을 박박 밀고 싶었다. 손에 힘을 잔뜩 주고 피부가 벗겨질 때까지 밀면 구정물이 다 빠져나올까. 어머니의 오줌 묻은 한복을 빨며 느꼈던 지독한 모멸감이 떠올랐다. 알 수 없는 분노가 치밀어 올랐다. 겨드

랑이 밑이 축축했다. 더웠다. 한겨울에도 집에서는 반 팔만 입었다. 그래도 더워서 어쩔 줄 몰랐다. 얼굴은 더운데 팔에는 솜털들이 일제히 서 있었다.

"교장 선생님 사모님으로 살면서 평생 남에게 힘한 꼴 한번 안 보이시더니 우리 엄마 불쌍해서 어쩌나."

결국 참지 못한 누군가의 울음을 시작으로 안방에서는 한바탕 아침드라마가 펼쳐졌다.

'이럴 때 남편이라도 있었으면.'

괜히 출근한 남편을 원망했다.

'커피라도 갖다 드려야 하나? 지금은 아닌가?'

팔을 문지르며 자꾸 문지르며 한동안 서 있었다.

"검사는 확실한 거 맞지?"

"엄마를 혼자 두면 안 되는데……"

"그럼 어떡해? 요양원이라도 알아봐야 하나."

"요양원은 무슨. 집이 제일 좋아."

"우리 엄마 불쌍해서 어쩌냐."

"소영이는 무슨 죄야."

"그럼 언니가 모실 거야?"

"원래 아들이 하는 거야."

어머님 방에서 한참을 있던 시누이들이 저마다의 집으로 돌아갔다. 한 명만 빼고.

저녁을 먹은 남매는 나란히 소파에 앉아 텔레비전에 집중했다. 굳이 그사이에 끼고 싶지 않았다. 최대한 천천히 부엌을 치웠다. 어머니는 내가 아닌 다른 사람이 있으면, 욕을 하지 않았고, 마당에 나가지도 않았다. 아무 일도 일어나지 않았는데, 이상하게 불안했다.
"뭐 해?"
"그냥, 왜?"
"누나가 얘기 좀 하자는데."
"알겠어요."
남편 쪽 바닥에 앉았다. 텔레비전 소리를 줄였다. 시누이가 헛기침하고 나서 입을 열었다. 목소리가 잠겨 있었다.
"올케."
가슴이 출렁거렸다.
"염치없는 건 알겠는데."
이 장면을 어디선가 본 적이 있다. 어색한 공기, 강요된 대답. 몇 번이나 상상했던 일이었지만, 아직 그 말을 들을 준비가 안 됐다. 얼굴에 불이 붙었다. 이렇게 나만 빤히 보는데, 얼굴색이 변하면 속이 환히 보인다. 알면서도 어떻게 할 수가 없었다
"언니들하고도 얘기했거든. 올케만 결정하면 돼."

 그들은 나를 불러 앉혔지만, 나는 그곳에 없었다. 처음부터 내 의견은 중요하지 않았다. 답이 정해진 문제였다. 심사숙고하는 것처럼 보여도 결과가 달라질 일은 없었다. 무능력하기는 남편도 마찬가지였다. 이럴 때의 착함이란 치명적인 단점이 된다. 애당초 누나들 틈에서 남편은 말할 생각을 하지 않았다. 남편은 착한 방관자였다. 남편의 착함은 나에게까지 닿지 않았다. 착함은 대상을 정하고 그에게만 충성한다. 같이 산다는 말이 모든 것을 함께 한다는 말은 아니었다. 남편의 유년 시절을 알 수 없듯이 남편과 누나, 남편과 어머니와의 사이를 나는 모른다. 남편이 왜 어머니를 불쌍하다고 하는지, 누나들이 어머니만 보면 눈물을 흘리면서도 할 말이 끝나면 급하게 자리에서 일어나는지 모른다. 모르기 때문에 아무 말도 하지 않았다. 선을 그어놓고 안에 들어오지 말라고 무언의 암시를 주는 사람들을 시댁이라고 부른다면, 나는 시금치도 먹지 않겠다. 주말드라마처럼 뻔한 전개가 펼쳐지기 시작했다. 재산을 나눌 때는 아들과 딸이 똑같다고 하면서, 어머니를 모시는 것

은 당연히 아들이 해야 한다고 말한다. 당연한 게 어딨어? 아무리 둘러봐도 당연을 찾을 수 없었다. 미안한 표정과 당연하다는 말 중에 어디에 방점을 찍어야 할지 모르겠다. 중요한 건 그들은 갔고, 나는 남았다는 것이다. 그들은 울며 갔지만, 나는 울지도 못한 채 남아 있다. 그들은 한 번 왔다 가면 끝이지만, 나는 남아 있는 자체가 시작이었다. 쓸고 닦으며 내가 만든 공간에 어머니와 내가 살고 있다. 남편이 출근하고 딸이 학교에 가면, 어머님은 마당에 나가 오줌을 쌌다. 나는 완벽한 목격자였고, 외로운 증인이었다.

*

  어머니가 마당에 나가면, 위를 쳐다보는 버릇이 생겼다. 누가 보고 있지 않을까 두려웠다. 아버지가 심었다는 동백나무의 꽃이 거의 다 떨어졌다. 현관문을 열면 오줌 냄새가 났다. 어머님은 하얀 한복을 입고 정갈한 모습으로 옆으로 누워 지냈다. 모두의 소란에서 벗어나 자신만의 세상으로 들어간 것 같았다. 그날 마당 아래서 옷을 벗을 때 본 어머니의 얼굴은 주름 하나 없이 해맑은 아이였다.

어머니는 언제부터 한복을 입었을까? 한복을 입으면 걸음이 조심스러워진다. 앉을 때도 치마를 넓게 펴서 천천히 움직여야 한다. 뜀박질하는 건 생각도 못 했을 것이다. 치마끈을 풀어 제끼며 어머니는 속이 시원했을까? 어머니가 욕하는 동영상을 본 남편은 큰 충격에 빠졌다. 착하고 순했던 사람이 왜 이렇게 됐는지 모른다고 하며 안타까워했다.

　어머니는 평생 자신의 의견이 없었다. 집안에서 말을 하는 건 아버지뿐이었다. 아버지의 말이 곧 명령이고 지켜야 할 법이었다. 아버지의 불호령은 시도 때도 없이 쏟아졌다. 어머니는 아버지의 언성이 높아지면 말을 잃었다고 한다. 수긍하고 순종하며 평생을 살았다. 한복 역시 아버지가 입는 게 좋다고 해서 입었다고 남편이 말했다. 만일 그게 착한 거라면, 나는 착함을 거부한다. 착한 사람에게는 선택의 여지가 없다. 선택에는 책임이 따른다. 어머니는 평생 선택을 모르고 살았다. 아버지의 말에 따르는 것이 미덕이라고 알았을 것이다. 남편이 화목했다고 기억하는 어린 시절은 어머니의 양보와 배려가 있었기에 가능한 일이었다. 어머니의 입에서 나오는 험한 말들이 누구에게 향하는지 알 것 같았다.

착한 남편이 더 착해졌다. 퇴근하자마자 집으로 달려와 집안일을 도왔다. 맛집을 검색하고 여행계획을 짜기도 했다. 좋지도 반갑지도 않았다. 꿈에서 어머니는 자주 대문 밖으로 나갔다.

잠시 주차중

그 누구도 자신이 어려운 형편이면서 남을 도울 수는 없다.
남에게 베풀기 위해서는 먼저 자신이 충분히 가져야 하는 것이다.

- 새뮤얼 스마일즈 -

경태는 퇴근길에 집 근처 편의점에 들러 담배를 샀다. 비행기에서 내릴 때부터 담배 생각이 간절했다. 편의점 직원이 건네는 담배를 받고, 비닐을 뜯으며 출입문을 열었다. 문 앞에서 담배에 불을 붙인 경태는 천천히 담배를 피웠다. 담배 연기가 들어가자 그제야 살 것 같았다. 그렇게 한동안 담배를 피우던 경태가 갑자기 눈을 크게 떴다. 담뱃불을 손가락으로 튕겨낸 경태는 꽁초를 쓰레기통에 버리고, 길가에 주차된 차 쪽으로 걸어가기 시작했다. 다가갈수록 경태의 눈은 커졌고, 손은 바르르 떨렸다. 아내의 차가 분명했다. 경태는 무심하게, 그러나 세심히 차 안을 살폈다. 저녁 무렵이라 그런지 차 안은 컴컴했다. 주위를 두리번거리던 경태가 서둘러 집으로 들어갔다.
  혹시 이 사람이 돌아왔나?

아내는 집에 없었다. 집에서 불이 켜진 곳은 어머니가 있는 안방뿐이었다. 어머니는 텔레비전을 켜놓고 잠을 자고 있었다. 전원 버튼을 누르자 정적과 어둠이 동시에 찾아왔다. 거실에 나온 경태가 불을 켰다. 사람의 손길이 닿지 않는 집 특유의 적막감이 밀려왔다. 경태는 방문을 하나씩 열어 봤다. 불이 켜진 집은 오히려 더 쓸쓸하게 보였다.

집은 3일 전 경태가 나갈 때와 똑같았다. 아내의 차가 집 근처에 있는데, 집에 아무도 없다는 게 마음에 걸렸다. 셋째에게 전화했지만 받지 않았다. 마침 둘째가 전화해서 늦는다고 했다. 경태는 엄마를 만났냐고 묻는 대신 너무 늦지 말라고 말했다. 둘째가 지나가는 말로 "막내는 오늘 엄마네 집에서 잔대요."라고 했다. 화가 뻗쳐 말이 늦는 사이 둘째가 전화를 끊었다. 아이들은 경태가 성질낼 타이밍을 기가 막히게 알았다. 여자아이들이라 빠른 건지, 세 명의 아이들이 어우러져 크다 보니 그런 건지 몰라도 예전부터 그랬다.

어머니는 오란다처럼 달달하고 딱딱한 과자를 좋아했다. 과자를 먹고 바로 눕는 게 일상인 어머니의 입에선 늘 단내가 났다. 아내는 가제 손수건에 물을 적셔 어머니의 이와 입술을 구석구석 닦았다. 거동이 힘든 어머니는 가만히 있기라도 하면 좋으련만, 아내가 하는 것이 다 마음에 들지 않았다. 듣기 좋은 꽃노래도 한두 번 들으면 질리는 법인데, 하물며 시어머니가 하는 말이 반가울 리 없었다. 여든이 넘도록 오일장에서 장사하던 사람이 갑자기 방에만 누워있으니 답답한 건 알겠지만, 그렇게 된 게 아내 탓도 아닌데 왜 그렇게 며느리를 못 잡아먹어 안달인지 경태는 이해할 수 없었다. 어머니는 경태가 집에 있으면 더 크게 말을 했다. 마치 편을 들어달라는 듯, 경태의 눈치를 살피며 아내를 몰아세웠다. 하지만, 경태는 아무 말도 하지 않았다. 어머니의 말을 듣기에는 아내가 걸렸고, 아내의 역성을 들기에는 낯이 간지러웠다. 아내는 고지혈증 약을 먹는 어머니의 간식으로 오이와 당근을 준비했다. 혹시라도 당뇨가 생기면 안 된다는 말을 덧붙이며 접시를 내밀면 어머니는 못마땅한 표정으로 오이를 씹었다. 당근은 쳐다보지도 않았다. 아내는 어머니가 남긴 야채로 저녁을 대신했다. 경태 앞에서 아내는 당근을 씹으며 다이어트 중이라고 했다. 그러고 보니 아내가 조금 살이 붙은 것 같다. 그렇지만 그건 당연한 순서였다. 처녀 적에 날씬하고 예쁘지 않은 사람이 있었던가.

여자는 임신과 출산을 겪으면서 몸이 몇 번이나 변한다. 경태의 아내는 7년 동안 네 명의 아이를 낳았다. 엉덩이가 커지고 뱃살이 잡히는 걸 막을 방법이 없었다. 경태는 한 아름에 안겼던 아내도 좋았지만, 지금의 아내도 싫지 않았다. 안으면 가슴에 눌리는 아내의 보드라운 살이 편안했다. 말주변이 없는 경태는 그러나 아내에게는 괜찮다는 말 대신, "살 빼서 뭐 할 건데? 쓸데없는 짓 하고 자빠졌네."라고 했다. 말이 그렇게 나왔다. 그 말을 들은 아내는 말없이 안방으로 들어갔고, 한동안 경태에게 말을 붙이지 않았다. 그러거나 말거나 경태는 거실에서 텔레비전을 보다 잠이 들었다.

\*

 집에서 유일한 남자인 경태는 목소리가 컸다. 경태에게는 집 안에서 담배를 피우는 것이, 밤에 아무리 늦게 들어와도 밥상을 차리라고 하는 것이 당연한 일이었다. 집안의 가장으로서 내가 할 수 있는 건 다 누리고 살겠다는데 뭐가 문제냐는 식이었다. 어머니는 오십 넘은 아들을 여전히 고등학생 보듯 했고, 아내는 말하는 것도 귀찮다는 듯 대꾸하지 않았다. 아이들이 사춘기 시절을 지나며 소심한 반항을 했지만, 경태에게는 어림없는 일이었다. 경태는 입에 발린 소리를 하지 못했다. 그러나 가족을 생각하는 마음만큼은 진심이었다. 그렇게 마음과 다른 말을 내뱉는 사이 아내와 아이들은 조금씩 멀어져갔고, 경태는 언제부터인가 아내와 둘이 있으면 뭘 해도 어색했다.

 아내는 말이 없는 여자였다. 스무 살 때 소개팅에서 만났을 때도 경태가 하는 말에 웃거나 맞장구를 치기만 했다. 여자 앞에서 경태는 원래 많았던 말이 더 많아졌다. 웃지 않는 공주 앞에서 재롱을 떠는 어릿광대처럼 말했다. 다음 해에 속도위반으로 결혼을 했다. 경태의 친구들은 대부분 군대에 있어서 결혼식장 의자가 반은 비었다. 경태의 큰누나는 왜 이렇게 결혼을 서두르냐며 투덜거렸다. 경태는 아내의 배가 더 나오기 전에 웨딩드레스를 입혀 주고 싶었다. 아내는 일찍 부모를 여의고, 고모네 집에서 살고 있었다. 사글세라도 제집을 갖고 싶다는 여자의 말이 경태의 가슴을 아프게 했다. 여자와 만난 시간은 짧았지만, 경태는 강한 책임감을 느꼈다. 경태가 호프집에서 6개월 일하고 받은 돈으로 한 칸짜리 방을 얻고 소꿉장난하듯 살림살이를 샀다.

밥을 안 먹어도 살 것 같은 시간은 그리 오래 가지 않았다. 입덧이 끝나자 아내는 걸신들린 사람처럼 먹어대기 시작했다. 아내는 배가 고프면 속이 쓰리다고 말했다. 그게 뭔지는 몰랐지만, 흔한 입덧과는 다르구나 싶었다. 퇴근할 때마다 경태는 아내가 먹고 싶은 것들을 샀다. 무거운 비닐을 들고, 집으로 들어가는 기분이 좋았다. 누군가 자신을 기다리고 있다는 것이 좋았다. 경태가 어머니 앞에서 결혼을 입에 올린 날, 아버지 없이 4남매를 키운 어머니는 싸리 빗자루로 경태를 때리며 나가라고 소리쳤다. 다음날 경태는 여자를 데려왔다. 여자의 배를 본 어머니는 매를 드는 대신 밥상을 차렸다. 여자는 제 앞에 있는 음식들을 야무지게 먹었다.

*

 경태는 아버지의 얼굴을 본 적이 없었다. 어머니는 경태의 아버지가 돈을 벌러 멀리 갔다고 했다. 경태는 아버지가 얼마나 많은 돈을 벌어올지 상상하며 잠이 들었다. 고등학생이 돼도 아버지는 돌아오지 않았다. 경태는 교복을 입고 화장실에서 담배를 피우거나 오락실에서 옆 학교 아이들과 싸우면서도 언젠가는 아버지가 떡하니 나타날 것이라고 믿었다. 그때까지는 어머니와 누이들을 돌봐야 한다. 나는 집에 하나밖에 없는 남자다. 그런 생각을 하며 경태는 담배를 피우고 술을 마시는 어른이 되었다.

막내가 태어나던 날 경태는 술집에 있었다. 예정일이 두 달 정도 남아 있었다. 수화기 너머에서 아내는 떨리는 목소리로 양수가 터진 것 같다고 말했다. 경태는 4번째인데 그런 것도 몰랐냐며 화를 내고 전화를 끊었다. 옆에서 같이 술을 마시던 친구들이 경태에게 한마디씩 했다. 아무리 넷째여도 그렇지 너무 하는 거 아니냐는 말에 빈정이 상해 술을 마시는데, 다시 전화벨이 울렸다. 아내였다. 택시를 타고 병원으로 간다는 말을 들은 경태가 자리에서 일어나자, 친구들은 잘 생각했다며 빨리 가라고 재촉했다. 경태는 남아 있는 술을 한 번에 들이마신 후, 술집을 나왔다.

'정신을 차려야지.'

경태는 고개를 흔들고, 뺨을 때리며 간호사가 알려준 아내의 병실을 찾았다. 화장실에서 손을 씻고 입가글을 한 후, 병실 문을 연 경태는 그러나 선뜻 아이에게 다가가지 못했다. 딸이었다. 넷째도 딸이었다. 미리 알고 있어서 괜찮다고 딸이 넷이어도 괜찮다고 생각했는데, 막상 보니 다리에 힘이 풀렸다. 술기운이 확 올라와 얼굴이 빨개졌다.

"몸은?"

"괜찮아."

"먹고 싶은 건? 없고?"

"응, 당신은 괜찮아?"

마지막 말에 대꾸하지 않고 병원을 나왔다. 아내는 조리원에 있는 동안, 일을 핑계로 병원에 자주 가지 않았다. 고개를 숙이고 젖을 물리는 아내를 보면, 가슴이 답답했다. 답답해서 술을 마셨는데, 마실수록 더 답답해졌다. 막내는 유독 몸이 약했다. 철마다 아팠다. 그런 막내를 볼 때마다 경태는 말을 잇지 못했다. 막내는 커가면서 경태에게 살갑게 굴며 자신의 몫을 다했는데, 그마저도 안쓰러워서 못 볼 판이었다. 처음에는 조금만 어긋난 것 같았는데, 시간이 지날수록 틈은 더 커지고, 간격은 점점 벌어졌다.

어디서부터 잘못된 걸까? 되돌리기에 너무 늦은 건 아닐까? 쉽게 낳아서 고마운 줄 몰랐던 막내는 열 살도 되기 전에 생을 마감했다. 경태는 넷째가 병원에서 숨을 거두고 있을 때 집에 없었다. 열이 높아서 응급실에 간다는 아내의 전화를 받았지만, 아이들은 아프면서 크는 게 당연하다고 생각하며 대수롭지 않게 전화를 끊었다. 그렇게 하면 안 되는 것이었다. 만일 시간을 돌릴 수만 있다면, 돌아갈 수만 있다면 딱 그날로 돌아가고 싶었다. 울고 있는 아내를 껴안고 어깨를 두들겨주고 싶었다. 말없이 아내를 안고, 울음이 잦아들 때까지 지켜봤다면, 지금과 다른 일이 생겼을까?

\*

 아이들이 커가면서, 나가는 돈이 무섭게 늘어났다. 어느 날, 아내가 경태에게 아르바이트를 하겠다고 했다. 그러나 제대로 된 자격증이나 학위가 없는 아내가 할만한 일은 찾기 힘들었다. 남들이 피하는 시간에만 할 일이 있었다. 아이들이 집에 왔을 때 아내가 없을 것이 뻔했다. 얼마나 번다고 그런 소리를 하냐며 집이나 잘 건사하라고 나머지는 내가 알아서 한다고 큰소리쳤다.

어머니는 아침 일찍 나가서 저녁 늦게 들어왔다. 경태는 캄캄하고 냉기가 흐르는 집에 들어가 불을 켜는 것이 싫었다. 혼자 있으면 작은 소리도 크게 들렸다. 내의를 입고 이불을 덮어도 추웠다. 어머니는 나갈 때마다 경태에게 돈을 주며, 할 일을 다 했다는 표정을 지었다. 누이들은 어디서 뭘 하다 오는지 어머니보다 늦을 때가 많았다. 아무도 없는 집에 있으면 시간이 느리게 갔다. 경태는 중학교 때는 오락실을 고등학교 때는 당구장을 집 대신 삼았다. 그곳에는 사람들이 바글거렸고, 불이 환했다.

그래도 같이 벌어야 빨리 돈이 모이지 않느냐는 아내의 말에 경태는 아이들을 단단히 키우는 게 돈 버는 것이라고 대답했다. 아내는 학원 대신 집에서 공부를 시켰다. 손이 야무지고 머리 회전이 빠른 여자였다. 큰아이의 문제집을 사면 이면지에 답을 쓰게 했다. 그렇게 깨끗한 문제집은 이어받은 막내가 마지막으로 채점을 했다. 딸만 있는 것도 돈을 아끼는 데 한몫했다. 옷과 신발, 가방 등은 항상 튼튼하고 단단한 것으로 샀다. 아내는 그런 여자였다. 알뜰하고 현명한 여자. 슬픔을 안으로 삭히며 사느라 화낼 줄 몰랐던 여자. 지금은 곁에 없는 여자.

*

 아내는 가방 세 개에 30년 세월을 담고 집을 나갔다. 이고 지고 나가는 아내의 모습을 경태는 보지 못했다. 아이들이 호들갑을 떨며 엄마의 부재를 경태에게 알렸다. 가슴에 찬바람이 훅하고 들어왔다. 아내는 부부싸움을 아무리 심하게 해도 집을 나간 적이 없었다. 경태가 홧김에 나가라고 하면, 갈 곳이 어디 있냐며 눈물을 뚝뚝 흘렸다. 아내가 나가지 못할 것을 알기에 경태는 나가라는 말을 할 수 있었다. 술에 취해 모진 말을 뱉었고, 술이 깨면 후회했다. 해장국이 아침상에 오르면, 아내의 마음이 풀렸다는 신호였다. 그런 날은 유독 아내에게 살갑게 굴었다. 화를 내고, 푸는 것도 아내가 집에 있을 때 가능한 일이다. 아내가 집을 나갔다. 아내는 돌아오지 않을 것이다.

 어머니 방에서 불빛이 새어 나온다. 잔기침 소리가 끊이지 않는다.
 '병원에 가봐야 하나.'
 누군가에게 묻고 싶었지만, 누구도 떠오르지 않았다. 외로움은 불길한 감정이다. 마음이 약할 때를 기가 막히게 알고 찾아온다. 이럴 때 술을 마시면 안 된다. 술을 마시면 아내가 생각날 테고 생각나면 전화하고, 아내의 목소리를 들으면, 그만 돌아오라는 말을 할지도 모른다. 경태는 냉장고 문을 열고 물을 꺼냈다. 맥주를 마시듯 벌컥벌컥 마셨다. 컵을 내려놓고 식탁 의자에 앉아 담배를 꺼냈다.

"씨발."
 구겨진 담뱃갑 안에 반으로 잘린 담배 개비를 보니, 화가 치밀었다. 참아야 한다는 것을 알면서도 경태는 번번이 손과 말이 먼저 나갔다. 눈이 뒤집히면, 앞뒤 분간 못 하고 당장 화풀이 대상을 찾았다. 성질대로 쏟아부어야 속이 풀렸다. 십 분만 참아도 생기지 않을 일이었다. 반으로 잘린 담배 개비 사이에서 잘리지 않은 것을 찾아 불을 붙였다.

*

 아내는 한숨을 자주 쉬었다. 어머니는 그럴 때마다 복이 떨어진다며 아내를 타박했다. 집에서 일어나는 모든 불행이 아내의 한숨 때문인 것처럼 야단을 쳤다. 아내는 어머니 앞에서 한숨을 참았다. 참는 게 보였다. 아이들은 경태가 술을 마시고 집에 들어와 소리를 지를 때마다 아내의 얼굴을 쳐다봤다. 경태도 알고 있었다. 자기가 하는 말이 뜬금없는 투정이고, 쓸데없는 객기이며, 상대를 알 수 없는 분노라는 것을. 알면서도 멈출 수가 없었다. 그렇게라도 하지 않으면 살 수 없었다. 일은 마음대로 풀리지 않았다. 어디서부터 잘못된 것인지 몰라서 답답한 날들이 이어졌다. 남들은 차고 넘치는 돈이 경태에게만은 모질게 헤어진 연인보다 차가웠다. 공짜를 바라진 않았다. 일확천금은 아니어도 노력한 만큼은 돌아와야 하는 게 아닌가. 어찌 된 일인지 일을 하면 할수록 빚이 늘어갔다. 아내는 일만 하지 말고, 주말에 아이들과 놀러 가자고 했지만, 어림없는 소리였다. 일 년이 365일이 아니라 500일이라도 쉬지 않고 일했을 것이다. 하루를 쉬면 하루가 손해났다. 아내에게 조금만 참으라고 했다. 이번 일만 잘되면, 이번에는 잘 될거라고 달래기도 하고, 윽박지르기도 했다. 이 시국에 놀러 갈 생각하는 아내에게 화가 날 때도 있었다. 가끔 아내 대신 아이들이 떼를 쓸 때도 있었지만, 어림없는 소리였다. 하루하루가 아까웠다. 아이들이 커가는 것을 보지 못했다. 제대로 된 가족사진 한 장 없었다. 언제부턴가 아이들은 아빠에게 놀러 가자는 말을 하지 않았다.

  아버지가 남겨주신 시골 밭에 손을 댈 생각은 추호도 없었다. 어머니의 장롱 깊은 곳에 있던 밭문서는 마지막 보루였다. 경태가 군대 갔다 온 사이 아이는 걸어 다녔고, 둘째가 태어날 예정이었다. 다른 데는 살이 안 붙었는데 배만 컸다. 아내의 배 모양을 본 어머니가 이번에도 딸이라고 했다. 경태는 낳아봐야 안다고 했고, 어머니는 한 번도 틀린 적이 없다고 했다. 가끔 경태는 어머니의 말이 빗나가길 바랐다. 아내는 먹는 입덧이라 괜찮다고 하면서도 퉁퉁 부은 얼굴로 경태를 쳐다봤다. 잠을 제대로 자지 못한다고 했다. 첫째가 새벽에 놀라서 깬다고 하자, 어머니는 어미를 닮아 예민하다고 했다. 방 세 개가 붙어 있는 오래된 단층집에서는 말소리가 크게 들렸다. 경태는 어디에 있든 어머니의 목소리가 들리는 것 같았다. 퇴근할 때, 몇 번 케익과 과일을 사고 들어왔다. 자는 아내를 깨우며 혼자 먹으라고 했다. 아내는 어떻게 그러냐며 어머니의 방문을 두들겼다. 어머니는 임산부보다 많이 먹었다.

\*

'만약에 아내가 잘못을 빈다면 어떻게 해야 하나.' 경태가 새 담배에 불을 붙이며 인상을 썼다. 생각하기도 싫지만, 자꾸 생각이 났다. 처음 그 사실을 알았을 때 경태는 믿을 수가 없었다. 이혼은 한 번도 생각하지 않았다. 예전과는 달리 요즘은 이혼율이 높다는 말을 들어도 경태와는 상관없는 일이었다. 무엇보다 바람이라는 말을 이해할 수 없었다. 먹고 사는데 바쁘고, 아이들이 장마 끝난 나무들처럼 쑥쑥 커가는데 무슨 정신으로 바람을 피운단 말인가. 바람도 돈과 시간이 있어야 피는 거고, 결혼 생활은 관심과 신뢰로 유지된다. 평생 한 사람만 사랑해야 한다는 건 억울한 일이지만, 어쩌겠는가. 책임질 일을 했으면 끝까지 책임을 지는 게 사람의 도리다. 그런데 다른 사람도 아니고 아내가? 아무리 이해하려고 해도 이해가 되지 않았다. 누이는 가끔 아내에게 가게를 맡기고 볼일을 봤다. 올케가 생각보다 싹싹하고 손님들한테 잘한다는 말을 들었을 때도 경태는 그러려니 했다. 아르바이트를 시작하면서, 아내는 말이 늘었다. 경태는 어떤 이유든 아내의 얼굴이 밝아진 게 좋았다. 일이 그렇게 연결될 줄 몰랐다. 아내는 고백하듯 작은 목소리로 말했다. 듣기 싫었지만, 다그쳐서 들었다. 아내의 말이 끝나자 경태는 다음부터는 그러지 말라고 하며 담배에 불을 붙였다. 거동 못 하는 어머니를, 엄마보다 커버린 딸들을 위해서가 아니었다. 아내의 외로움, 눈물, 텅 빈 마음을 알고 있었기 때문이다. 알면서도 모른 체하며 살았다.

　외롭냐? 나도 외롭다. 그래서 뭐? 어쩌라고? 나도 참고 사니까 너도 끽소리하지 마.라고 어깃장을 놓았다. 아내가 잘못을 빌었고, 경태는 알았다고 했다.

　오십이 넘자 여기저기서 흉흉한 소문들이 들려왔다. 부모의 죽음, 지인이나 친구의 돌연사나 병사가 줄을 이었다. 산에 올랐다가 내려오는 길에 심장마비가 온 친구는 병원에 도착한 지 3일 만에 죽었다. 지인의 친구는 사거리에서 신호를 기다리는 중에 고개를 숙였다고 한다. 신호가 바뀌어도 차가 움직이지 않자 여기저기서 경적을 울렸는데, 운전자는 죽어 있었다는 말을 전하며, 지인은 소주를 마셨다. 좋은 일은 띄엄띄엄 일어나고, 나쁜 일들은 빈번하게 일어났다. 소식이 뜸했던 사람들을 장례식장에서 만나는 게 일이었다. 친구들을 만나면 자연스럽게 서로의 안부를 물었다. 대화 주제도 바뀌어서 정치, 경제보다는 어디가 아프고, 어느 병원에 가야 하는지를 두고 목소리를 높였다. 누구에게나 일어날 수 있는 흔한 불행이 눈앞에 있었다. 그럴 나이가 되었다.

 이혼 소식도 빠지지 않았다. 기혼 남자의 외도는 바람이며, 여자는 사랑이라는 말을 안주로 소주를 마셨다. 그도 그럴 것이 남자는 허한 마음에 잠깐 한눈을 팔다가도 조강지처에게 돌아간다. 바람이란 그런 것이다. 매일 불어대는 바람이 없듯이 현실을 깨닫고 정신을 차린다. 그걸 용인하고 받아주면 평생 살고, 용서받지 못하면 이혼이다. 반면 여자는 물불 가리지 않고 사랑에 목숨을 건다. 경태의 외숙모가 그랬다. 삼 남매를 낳고 알콩달콩 잘 사는 것 같던 외숙모는 막내아들이 10살이 되던 해 집을 나갔다. 5살 어린 직원과 함께였다. 경태는 세련되고 우아했던 외숙모가 그런 짓을 했다는 게 믿어지지 않았다. 식당 사장이었던 외삼촌은 그 후 술만 마시다 쓰러졌고, 6년 동안 누워있다 돌아가셨다. 지금 경태 나이와 비슷한 시기였다. 외숙모는 외삼촌의 장례식에 오지 않았다. 경태가 알고 있는 결혼한 여자의 바람은 그런 것이었다. 한번 돌아선 여자는 무섭다는 것을 그때 알았다.

저녁을 먹고 설거지를 끝낸 아내가 앞치마에 손을 닦으며 잠깐 나갔다 온다고 했을 때 느낌이 왔다. 아내는 옷도 갈아입지 않고 급하게 나갔다. 경태는 피우던 담배를 끄면서 아내의 차 소리를 들었다. 아내의 차가 골목을 빠져나갈 때쯤 경태의 차가 움직였다. 아내의 차는 시내를 벗어나고 있었다. 해안도로 전망대에 도착한 아내가 시동을 끄자 누군가 조수석에 타는 게 보였다. 핸들을 잡은 경태의 손이 바들바들 떨렸다. 서둘러 주차하고 아내의 차로 뛰어 들어갔다. 막 차가 출발하려는 순간이었다. 경태는 운전석의 문을 열고 아내의 몸을 잡아끌었다. 얼굴이 하얗게 된 채로 부들부들 떨며 아내가 나왔다. 조수석에서 남자가 나와 경태의 등을 잡았다. 경태가 몸을 돌렸다. 너냐. 너구나. 이 개새끼야. 돌이 된 아내를 뒤로 하고, 경태는 남자에게 달려들었다. 경태보다 키가 큰 남자가 휘청거렸다. 경태는 짐승 같은 소리를 내며 주먹질을 했다. 어렸을 때 구슬치기하다 억울하게 구슬을 뺏겼을 때처럼, 지우개를 빌려 가서 돌려주지 않고 시치미를 떼던 얄미운 친구를 때리듯이 마구잡이로 주먹을 휘둘렀다. 추위도 주위의 시선도 아랑곳하지 않고 경태는 아이처럼 남자의 몸에 올라탔다. 놀란 아내가 경태의 어깨를 잡아끌 때까지만 해도 경태는 아내와 함께 집에 들어갈 생각이었다. 아내가 따라오나 백미러로 몇 번을 확인했다. 아내의 차는 끝내 보이지 않았다.

집으로 돌아온 경태는 아내의 물건들을 현관 밖으로 내던졌다. 자다 깬 아이들이 눈을 비비며 나와 경태를 말렸다. 경태는 취한 사람처럼 휘청거렸다. 말이 흐리게 나왔다. 모든 것이 분명했지만 하나도 이해할 수 없었다.
"엄마 이제 안 온대요."
셋째에게 전해 들은 말은 짧고 무거웠다. 셋째는 유독 아내와 얼굴이 닮았다. 아내의 차가 며칠째 집 근처에 세워져 있다.

\*

경태는 무리해서라도 큰 평수의 아파트에 들어가고 싶었다. 타인에게는 공개되지 않는 현관에 식구들만 아는 비밀번호를 누르고 들어간다. 단단한 문이 외부의 위험으로부터 가족을 지켜준다. 일주일에 삼사일은 육지에 나가야 하는 경태에게 가족들의 안전은 가장 신경 쓰이는 부분이었다. 한동네에 오래 살다 보면 여자들만 있는 집이라는 걸 누구나 알 수 있다.

넷째가 태어나고 경태는 은행을 돌아다니며 대출을 알아봤다. 혼자 사는 어머님의 건강도 문제였다. 수십 년 동안 오일장 좌판에서 쌀을 팔았던 어머니는 어느 순간 무릎이 꺾였다. 엉치가 아프다는 말을 달고 살았지만, 입버릇 같은 건 줄 알았다. 병원에서는 수술 시기를 놓쳤다는 말을 들었다. 금방 태어난 사슴 새끼처럼 어머니는 서툴게 걸었다. 얼마 못 가 그마저도 힘들어하던 어머니는 어느 날부터인가 일어나지 못했다. 정신은 멀쩡한데 종일 누워만 있으니 답답할 노릇이었을 것이다.

경태는 아파트 명의는 아내 앞으로 할 예정이었다. 좋아할 줄 알았던 아내가 반대했다. 아파트는 답답하다는 것이다. 마당이 있는 집에 살고 싶다고 아내가 말했다. 무리해서 아파트에 들어가면 대출금은 어떻게 갚을 것이냐고 되묻는 아내의 얼굴을 뻔히 쳐다보며 경태는 아내의 심중을 헤아렸다. 아내는 셋째가 다니는 초등학교 근처에 있는 이층집이 마음에 든다고 했다. 오래전 유복했던 사람들이 살았을 것 같은 집이었다. 일 층 거실에서 이 층으로 올라가는 나무 계단을 보자 아이들이 환호성을 질렀다. 아파트의 절반 가격이었다. 어머님이 숨겼던 통장을 꺼냈다. 경태는 숨통이 트이는 것 같았다. 대신 경태 명의로 집을 사라는 어머니를 설득하는데, 시간이 걸렸다. 아내와 공동명의로 하고 이사했다. 어머니가 자연스럽게 안방을 차지했다.

 유난히 잘 맞는 사람이 있듯이 집터도 집주인과 궁합이 있는 것일까? 이사하고 난 후, 하는 일마다 잘 풀리기 시작했다. 꼭 누가 도와주는 것 같았다. 몸을 쓰는 일이라 고되긴 했지만, 육지에 한 번 나갔다 오면 아이들 한 달 학원비는 걱정 없었다. 이만하면 살 것 같다는 생각으로 일에 매진했다. 아내가 살이 쪘는지 빠졌는지, 머리를 잘랐는지, 파마했는지 보이지 않았다. 아내에게 돈을 입금하고 나면 담배 맛이 좋았다. 언제부턴가 술을 마시면 다음 날 일하는 게 힘들어진 경태는 술도 점점 줄여갔다. 거동 못 하는 어머니가 늘 걱정이었지만, 노환은 신도 어쩔 수 없는 영역이었다. 그저 편안히 계시다 가면 다행이다 싶었다. 이렇게만 살면 좋겠다는 순간 아내가 찬물을 끼얹었으니 환장할 노릇이었다. 언젠가 경태는 아내에게 무슨 자신감으로 화장을 안 하는 거냐고 말을 쏘았다. 아내의 젊은 날을 기억하고 있기에 안타까워서 한 말이었지만, 정작 입 밖으로 나오는 말은 짧고 거칠었다. 마음은 그렇지 않으면서도 말끝은 점점 더 날카로워졌다. 입 안의 사탕처럼 굴지는 못해도, 밉고 궂은 말은 하지 말아야지 하면서도 쉽게 고쳐지지 않았다. 오일장에서 평생을 바친 어머니는 말이 험하고 사나웠다. 받아치기에는 무거웠고, 외면하기에는 덩치가 컸다. 어머니가 하는 말을 듣고 나면 머리가 멍해지고, 가슴이 쪼그라들었다.

'말을 조금만 더 부드럽게 했으면 좋았을 텐데. 그렇다면, 아내나 아이들도 할머니를 더 따랐을 텐데.'

나이가 들면서 경태는 어머니를 점점 닮아갔다. 언제부턴가 경태는 아내에게 어머니처럼 말하고 있었다. 어머니가 사용한 단어와 말투, 표정까지 똑같이 뱉어내고 나면 아차 싶어 후회했다. 잘못한 것을 알아차린 후에도 경태는 아무렇지 않은 척 했다. 어머니의 말에 상처를 받으면서도 가족이기 때문에 받아들이며 살았듯 아내도 경태가 하는 말에서 진위 여부를 찾아낼 것이다. 말에 숨겨진 의미를 찾고, 상대의 말이 진심이 아님을 알아차리려면 노력이 필요했다. 아내는 경태가 말을 꺼내면 자리를 뜨거나 입을 닫았다. 마치 경태가 어머니를 피하듯이 아내는 경태의 말을 끝까지 듣지 않았다. 어쩌면 듣고 싶지 않았을지도 모른다. 아내에게 퍼부었던 말이 떠오르면, 얼굴이 벌게졌다. 자신만 아는 부끄러움이 밀려왔다.

담배는 경태가 손을 뻗으면 닿는 곳에 있었다. 끊어야지. 이걸 끊어야지. 하면서 담배를 집어 들었다. 빈속에 연기가 들어가자 기침이 나왔다. 듣는 사람이 없는 소리는 그대로 경태에게 되돌아왔다. 경태는 멋쩍은 듯 소파에서 일어났다. 식탁 위에는 누군가가 먹다 남긴 새우깡이 집게를 달고 놓여 있었다. 서랍장을 열었다. 과자, 라면, 컵라면, 햇반과 참치캔이 가득했다. 편리하고 빠르게 먹을 수 있는, 누군가의 손을 빌리지 않고도 배를 채우기에 무난한 것들이었다. 짜증이 치밀었다.

고작 이렇게 살려고 기를 쓰고 집에 온 것이 아니다. 아내가 없는 집은 집이 아니었다. 아내는 매일 쓸고 닦으며 집을 지켰다. 나는 어떤가? 나는 무엇을 했지? 왜 우리가 여기까지 온 거지?

\*

어느 날 저녁이었다. 저녁상을 치운 아내와 나란히 앉아 드라마를 보고 있었다.

"남편이 나빴네. 바람피우는 것도 모자라서 저렇게 술만 마시면 여자는 어떻게 살라고."

아내는 드라마에 빠져 중얼거렸다. 경태도 즐겨보는 드라마였다. 잘못할 때마다 적반하장으로 나오는 남자주인공을 보며 나는 저 정도는 아니야, 라고 생각한 적도 있었다.

"그렇다고 여자가 집을 나가?"

"그럼 어떡해? 속상해도 참고 살아? 아이들 두고 집 나가는 여자 심정은 오죽할까?"

"아무튼 당신은 무슨 일이 있어도 안 돼. 일단 집을 나가면 그걸로 끝이야."

"아고, 무슨 말을 못 해."

그때 아내가 어떤 표정을 지었는지 기억이 나지 않는다. 생각나는 건 아내가 끓여온 라면을 아이들과 함께 먹었다는 것이다.

"출출한데 라면이나 먹을까?"

"저녁 먹은 지 얼마나 됐다고."

"저녁을 조금 먹었나? 지금 먹고, 늦게 자면 돼."

"안 돼. 당신 요즘 배가 많이 나왔어."

"오늘까지만. 응?"

경태가 아내의 엉덩이를 발로 툭툭 쳤다.

"못 말린다니까. 정말."

드라마를 보다 말고, 아내는 부엌으로 갔다. 얼마 지나지 않아 달걀과 대파를 넣은 꼬들꼬들한 라면을 들고, 아내가 걸어왔다. 경태가 얼른 몸을 일으켜 작은 상을 펼쳤다. 아내는 살찐다고 툴툴대면서도 젓가락을 들고 앉는다. 경태가 옆으로 비켜 자리를 만들었다. 아이들이 라면 냄새를 맡고 방에서 나왔다. 라면이 금세 사라졌다. 아내가 라면 더 먹을 사람? 하고 묻자 4명이 동시에 팔을 번쩍 들었다.

"뭐야."

아내는 피식 웃으며 일어났다. 냄비에 물을 넣고 가스 불을 켰다. 아이들은 경태가 시끄럽다고 외치는 소리에 아랑곳하지 않고 종알거렸다. 막내가 리모컨을 잡고 채널을 돌렸다. 뉴스에서 음악방송으로 넘어갔다. 경태가 손을 뻗어 리모컨을 뺏으려고 하자 막내는 소리를 지르며 도망갔다. 그 사이 아내가 냄비를 들고 거실로 왔다. 상을 가운데 두고, 다섯이 빙 둘러앉았다. 머리를 맞대고 라면을 먹었다. 라면은 혼자 먹을 때보다 같이 먹을 때가 더 맛있었다.

'그래, 그런 일도 있었지.'

텔레비전을 켰다. 리모컨을 이리저리 돌렸다. 아무도 뭐라 하는 사람이 없었다. 경태는 뭐든 볼 수 있었지만, 아무것도 보고 싶지 않았다. 아내의 차는 큰 길가에 서 있다. 주변에 불법주차 단속 카메라가 있다. 언제 주차단속이 올지 모른다. 불법 주차 구역에 세워진 아내의 차는 언제든 떠날 수 있다고 말하는 것 같았다. 잠시 주차 중인 아내의 차. 퇴근할 때마다 보이는 아내의 차. 그러나 아내는 없다. 아내는 어디로 간 걸까.

# 월요일 오후 3시

내가 나를 보는 시각대로 세상 사람들도 나를 본다
자신을 인심 좋고 너그럽고 자애로우며
신의 내적 위대함을 느끼는 사람으로 상상하라
즉시 근력이 크게 세질 것이다
긍정적인 생명 에너지가 급상승했다는 표시다

– 데이비드 호킨스 –

어떤 사람이 매일 똑같은 꿈을 꾸었대. 여자가 바다를 보고 있는데 어디선가 나타난 할머니가 손을 잡더니 바다 쪽으로 끌고 갔다는 거야. 여자는 수영할 줄 몰랐어. 잔뜩 겁을 먹고, 끌려가지 않으려고 버텼는데, 속수무책이었다는 거야. 시커먼 바닷물은 차갑고, 중심을 잃을 때마다 몸은 휘청이는데, 이러다 빠져 죽겠구나 싶었대. 때마침 남편이 돌아누우며 여자의 다리를 건드렸고, 잠에서 깬 여자는 한참을 멍하니 있었단다. 이게 꿈인지 생시인지 몰라서 여자는 눈을 깜빡거리며 정신을 차리려고 했대. 그런 꿈을 매일 꾼다고 생각해봐. 이번에는 아니겠지. 설마 이번에도 그러겠어. 하며 잠이 들면 어김없이 바닷가에 서 있었고, 할머니가 나타났다는 거야.

 너무 무서웠겠다.

그치. 무섭겠지. 반복되면 익숙해질 만도 한데, 꿈에서 그러니까 더 무서웠대. 같은 꿈을 꾸는 것보다 더 무서웠던 건 할머니의 힘이 점점 세졌다는 거야. 마른 나뭇가지처럼 앙상한 손에 잡혀서 여자는 그렇게 매번 바닷속으로 들어갔고, 숨이 막혀 죽을 지경이 돼서야 헉 소리를 내며 잠에서 깨는 거지. 자기가 지르는 비명에 놀라 깨는 거야. 잠을 자도 잔 것 같지 않았대. 잠이 보약이라는 말 알지? 아무리 힘들어도 푹 자고 나면 살아갈 힘을 얻는데, 꿀 같은 잠은 고사하고, 죽을 것 같은 꿈만 꾸니 미칠 노릇이었다는 거야. 입은 모래를 씹는 것처럼 까슬거렸고, 목구멍으로 뭘 넘기는 것도 귀찮았겠지. 그러니 정상적인 생활이 되겠어? 몸은 처지고, 기운은 없는데, 아이들 먹을 밥은 해 줘야 하고.

애도 있었어?

응, 초등학생 아이가 외할머니의 전화를 받고 "할머니, 엄마가 아파요."라고 했대. 속 모르는 남편도 뭔 일 나겠다 싶어서 장모님을 찾았고. 손주의 말에 심란했던 할머니가 사위까지 거드니 가만히 있을 수 있겠어? 하나밖에 없는 딸 이러다 죽겠다 싶어 용하다는 보살 집에 데리고 갔다는 거야.

눈빛이 파르스름한 보살이 나무 상 위에 쌀을 몇 번 뿌려대더니, 대뜸 뭔가 보이면 꽉 잡으라고 말했대. 같이 간 친정엄마는 무슨 소린지 몰라 눈만 말똥거리는데 여자는 알 것 같았어. 친정엄마가 주섬주섬 지갑을 뒤지는 사이 여자가 가방 안에서 흰 봉투를 꺼내 보살에게 건넸지.

왜 그런 거 있잖아. 가면 안 되는 걸 알면서도 가고, 만나선 안 되는 사람인데 자꾸 생각나는 거. 자기한테 닥치기 전에는 뭐든 함부로 말하면 안 돼. 난 절대 안 그럴 거야. 하는 말이 얼마나 위험한 말인지 아니. 세상에 절대는 어디에도 없어. 한 치 앞도 모르는 게 사람이잖아.

여자는 친정엄마가 보살 집을 드나드는 것을 싫어했어. 독실한 기독교 신자였거든. 툭하면 굿을 권하는 보살을 거의 사기꾼 취급했었어. 그런데 이상한 일이지. 이번에는 보살 말을 믿고 싶었대. 지푸라기 잡는 심정으로 뭐라도 해보자 마음먹으니 못 할 것도 없더라는 거야.

그날도 어김없이 잠이 쏟아졌고, 얼마 지나지 않아 할머니가 나타났대. 모르고 당하는 것과 알면서 대비하는 것은 천지 차이인 거 알지? 해야 할 일이 있던 여자는 정신을 바짝 차렸대. 꿈에서 정신 차린다는 말이 이상하지만, 어쨌든 여자는 그랬다고 하더라. 할머니가 여자의 손을 잡더니 막무가내로 끌고 가기 시작했어. 다른 점은 말이야. 어제처럼 두렵지 않았다는 거야. 주변을 살피며 가는데, 정말로 바다 한 가운에 기다란 막대기가 보였대.

 그게 왜 거기 있는지 생각하면 안 돼. 어차피 꿈속이고, 알다시피 꿈에서는 못 하는 것도 못 가는 곳도 없으니까. 여자는 막대기가 가까워지길 기다렸대. 할머니는 여전히 힘이 셌고, 바닷물은 점점 차오르는데 이번에는 출렁이는 파도가 두렵지 않았어. 저것만 잡으면 된다 생각하니까 가까워질수록 묘하게 신이 났다니까. 그나저나 꿈에서도 막대기가 갈색이었고, 바다는 시퍼렇게 출렁이는 것이 정말 꿈인지 생시인지 모를 일이긴 해. 그 사람은 어떻게 됐냐고?
 막대기를 잡았지. 아주 꽉 잡았어. 할머니가 가다 멈칫할 만큼 힘주어 잡고 버텼지. 이걸 놓으면 죽는다 생각하니까 없던 힘도 솟아났대. 꿈꾸는 사람을 옆에서 보면 아주 가관이었을 거야. 낑낑거리며 몸을 이리 뒤척 저리 뒤척거리고 있으면 이걸 깨워? 말아? 했겠지.

할머니도 이번에는 다르다는 걸 눈치챘나 봐. 아무리 용을 써도 꼼짝하지 않으니까. 똑같은 힘으로 잡아당기면 결국 집중력싸움이야. 약간의 틈만 보여도 삐끗하거든. 그런데 말이야. 그녀는 죽기 살기였고, 할머니는 너 아니어도 그만이었던 거야. 할머니는 여자의 손을 툭 놓더니 혼자 바닷속으로 걸어 들어갔어. 여자는 깊은 한숨을 쉬었고, 그 소리에 놀라 잠이 깼어.

그래서 어떻게 됐는데?

뭐가 어떻게 돼.

그걸로 끝이야?

응, 다음부터 꿈을 안 꿨어. 그런데

그런데?

보살이 얼마 후에 치매에 걸렸대.

정말?

근데 그 치매 걸린 보살이 툭하면 무릎 꿇고 두 손을 싹싹 빌면서 나는 아무 말도 안 했어요. 믿어주세요.라고 말한대.

헐. 대박.

뭔가 싸하지 않냐?

완전.

근데 나도 그런 꿈을 꾼 적 있어.

진짜?

응, 옛날에 너무 생생해서 무서운 꿈을 꾼 적이 있어. 결혼하고 오랫동안 아이가 없자 시어머니가 날 데리고 점집을 돌아다녔어. 그런데 가는 곳마다 주변에 죽은 사람이 없냐고 묻는 거야. 그때는 어렸고, 할머니, 할아버지도 다 계셔서 죽음이 나와는 상관없는 일이었거든. 없다고 말해도 믿지 않고, 있다고만 하길래 엄마한테 전화해서 최근에 죽은 사람이 있냐고 물었어. 엄마도 한참 생각하는 눈치였어. 엄마의 언니가 자살한 것도, 외삼촌 한 명이 타지에서 죽은 것도 그때 들었어. 그런데 그건 모두 내가 태어나기 전이었으니 나와는 상관없는 일 같았지. 그래서 없다고 했어. 그런데 보살이 자꾸 있다는 거야. 보살이 있다고 하니 시어머니도 재촉하는 눈치였고, 어떻게든 누군가를 생각해 내야 했어. 죽은 사람이 주변에 있다는데, 나는 죽어도 모르겠더라. 답답했지, 그래서 그런 꿈을 꿨는지도 몰라.

스무 살 때 죽은 동네 친구가 있어. 초등학교 동창이었는데, 반이 하나밖에 없어서 6년 내내 같은 반이었어. 근데 별로 친하게 지내진 않았어. 조용하고 착한 아이였던 건 기억나. 그 아이가 여름에 죽었고, 동창들이 모여 장례 준비를 했어. 친구네 집에 모여 밤새 관에 들어갈 종이꽃을 접었거든. 상여가 나갈 때는 '아이고, 아이고' 곡소리를 내며 따라갔어. 남자아이들은 관을 들었고. 뭘 알고 한 건 아니야. 그저 어른들이 절하라면 절하고, 울라면 울었어. 울다가 누군가 시덥지 않은 말을 하면 낄낄거리다 혼나기도 했어. 스물이 그렇잖아. 고등학교를 졸업할 때는 뭐라도 된 듯했지만, 대학에 입학하자마자 아무것도 모르는 바보가 돼. 엉성하고, 어리숙하고, 그 자체로 반짝반짝 빛나는 청춘이었지.

 장례식이 끝나고, 시내에 올라왔어. 공부하고, 아르바이트하고, 시험을 치르느라 정신없었지. 시간 없어 죽겠다고 하면서도 사람을 만나 사랑을 하고, 이별도 했지. 혼자 세상의 모든 짐을 진 것처럼 진지했다가 허무해지고, 슬펐다가 그래도 살 만하다고 느끼는 순간 서른이 되고, 결혼을 했어. 그런데 언제부턴가 그 친구가 꿈에 나오는 거야. 배경은 항상 같이 다녔던 초등학교야. 꿈에서 우린 어렸고, 학교 다닐 때처럼 시험을 보거나 친구들과 놀고 있었지. 그런데 이상한 게 뭔지 알아?

꿈속에서 그 친구랑만 노는 거야. 나란히 앉아 시험을 보고, 운동장에서 고무줄을 하며 깔깔거렸는데, 깨고 나면 기분이 너무 이상했어. 왜냐하면 난 그 친구와 학교를 같이 다니긴 했지만, 일 년에 한두 번 말을 할까 말까 하는 사이였거든. 같이 놀아본 적은 거의 없었어. 그런데 왜 꿈에서 그 친구는 나와 그렇게 친하게 놀고 있었던 걸까?

혹시 시험 보는 꿈 꾼 적 있어?
분명 공부를 했는데, 시험지를 받자마자 생각이 안 나서 아무것도 못 쓰는 꿈, 답을 쓰려고 하는데 볼펜이 안 나오거나, 아예 필통이 텅 비어 있는 꿈, 수학 시험인 줄 알았는데, 국어 시험지를 받아서 당황하는 꿈. 꿈에서 나는 항상 시험을 봤고, 시험지를 받아든 순간 손에 땀이 나곤 했지. 정말이야. 꿈인데도 긴장하면 가슴이 빨리 뛰고 손에 땀이 나고, 머리칼이 곤두서. 이 시험을 망치면 인생이 끝인데 시험을 못 봤어. 깊은 절망에 빠져 허우적거리다 겨우 잠에서 깨. 옆에서 아이들의 숨소리가 들리고 천천히 의식이 돌아오면 아직 끝나지 않은 내 인생이 떠올라. 그래, 나는 시험을 망치지 않았어. 아무 일도 일어나지 않은 거야.

과연 그럴까?

그건 아무도 모르지.

동네 친구한테 전화해서 혹시 영희 꿈을 꾼 적이 있냐고 물었어. 친구는 없다고 대답하더라. "요즘 영희가 자꾸 꿈에 나와." 했더니 "넌 영희랑 안 친했잖아." 하길래 "나도 영문을 모르겠어"라고 대답했지. 정말 몰랐어. 왜 꿈만 꾸면 그 아이가 나오는지, 나와서 나와 노는지, 놀면서 그렇게 웃었는지. 그나저나 꿈이라도 환하게 웃으니까 마음이 놓이더라. 그 아이 지 목숨 끊으면서 얼마나 아팠을까.

넌 스무 살 때 어땠어?

엉망이었다고?

나도 그래. 다 그렇지 않았을까?

그때랑 비교하면 지금은 완전 용됐지.

백퍼 인정.

맥주로 머리 감은 적 있어?

당연하지. 미용실 갈 돈이 없을 때는 맥주 염색이 최고였어.

뭐? 과산화수소?

당연히 나도 해봤지. 그걸 머리에 붓고 기다리면 염색이 아니라 탈색됐잖아. 색은 잘 나오는데, 두피가 너무 아파서 두 번은 못 하겠더라.

  그때는 화장하는 것도 참 재미있었어. 책상 앞에 둥근 거울을 놓고, 얼굴을 이리저리 돌려가며 색칠 공부하듯 눈썹을 그리고, 볼 터치하고 그랬는데.

  나 그때 다 쓴 마스카라를 라이터로 녹이고 눈썹을 말았다가 눈썹 다 탔잖아. 그래서 지금도 여기 봐봐. 여기, 눈썹이 없어.

  불을 붙이고 식을 때까지 기다려야 돼. 그게 효과는 좋았는데, 조금 위험하긴 했어. 그치? 머리는 노랗고 입술은 빨갛고 눈은 퍼렇게 화장했어. 학교에서 보면 티가 났어. 잔뜩 멋을 부리고 강의실에 앉아 있으면 1학년이었고, 며칠 감지 않은 머리에 비비크림 하나 바르고 도서관에 박혀 있으면 3학년이었지. 4학년들은? 아예 학교에 나오지 않았어. 어딘가 있다가 종강 파티에 와서 술값을 냈던 것 같아. 그때는 4학년이 하늘 같아서 쳐다보는 것도 어려웠어. 아무리 좋은 것도 익숙해지면 무덤덤해지는 거 알지? 하지 말라고 할 때는 그렇게 하고 싶었는데, 말리는 사람이 없으니까 재미가 없더라. 첫사랑? 당연히 해봤지. 과에서 유명한 씨씨였어. 근데 둘 다 처음 사귀는 거라 서툴고 어색해서 그런지 오래 가진 못했어. 상대의 마음이 나와 같지 않고, 내 마음대로 되는 것이 없다는 것을 그때 알았지. 헤어지고 나서 얼마나 울었는지 몰라. 세상에서 내가 제일 슬픈 사람인 것 같더라. 힘들었어. 도망가는 심정으로 시골집에 내려갔던 거야. 방학을 핑계로 엄마 밥을 먹으면 좀 괜찮을까 싶어서.

 하루는 동네 친구가 놀러 와서 이런저런 얘기를 하던 중에 영희 얘기가 나왔어. 영희가 아파서 집에 누워있다는 거야. 정확한 병명은 모르겠다며, 같이 가 보자고 하길래 그러자고 했어. 딱히 할 일도 없었고, 그래도 동창인데, 누워 지낸 지 꽤 됐다는 말에 걱정이 됐거든. 친구네 집을 내 집같이 드나들며 놀았던 초등학교 때도 영희네 집에는 가 본 적이 없었어. 말했잖아. 영희랑 말을 거의 하지 않았다고. 위치는 알고 있었지. 우리 집에서 20분 정도 걸어가야 하는 골목 안쪽 끝에 있는 작은 슬레트 집이었어. 대문은 따로 없었고, 낮은 돌담이 옆집하고 경계를 만들며 빙 둘러 있었지. 마당은 시멘트 바닥이었는데, 곳곳에 물이 고여 있어서 구석으로 돌아갔어. 현관문이 잘 열리지 않아 몇 번 앞뒤로 흔들며 힘들게 열었어. 안으로 들어가며 "영희야."

라고 불렀는데, 대답이 없길래

"영희야."

하고 한 번 더 불렀어. 신발장 쪽에 신발보다 농약병들이 더 많이 쌓여 있는 걸 보고 있는데, 안쪽에서 영희네 할머니가 나왔어. 거동이 불편한지 마루를 닦고 있었는지 무릎을 밀며 우리 쪽으로 오는 거야. 하얗게 센 머리와 굽은 등이 금방이라도 사그라질 것 같았어.

"영희 친구들이가? 올라오라."

좁은 현관은 밭에서 신는 신발들과 떨어져 나온 흙덩이들, 빈 농약병들로 어지러웠어. 발로 쓱쓱 밀어서 신발 벗을 공간을 만들고, 안으로 들어갔어.

"영희야. 친구왔쩌."

"누구"

"나도 모르꺼게."

할머니는 벽에 등을 대고 앉아서 우리를 쳐다봤어. 고개를 숙이고 인사하는 우리를 빤히 보기만 할 뿐 별다른 말은 하지 않았던 것 같아. 낮인데도 마루는 컴컴했고, 걸을 때마다 삐거덕거리는 소리가 났어. 영희네 집에 처음 왔지만, 방문이 열려 있는 곳에 영희가 있다는 건 알겠더라. 이불이 펼쳐있었거든. 초등학교를 졸업하고 영희와 나는 볼 일이 없었어. 중·고등학교가 달랐으니까. 학교 다닐 때 버스에서 몇 번 봤지만, 말을 하진 않았지. 그래서 영희를 보자마자 많이 놀랐어. 내가 알고 있는 영희가 아니었거든.

 영희는 얼굴이 노랗고 광대뼈가 도드라진 게 순식간에 늙어버린 아이 같았어. 늘어진 티셔츠 사이로 빗장뼈가 보였어. 쳐다보기가 민망해서 자꾸 시선을 딴 데로 돌렸던 게 기억나. 영희는 천천히 몸을 일으켰어. 이불을 깐 방은 앉을 자리가 없었어. 영희는 우리의 시선이 이불에 가 있는 걸 보고 오랫동안 갠 적 없던 이불을 걷어 앉을 자리를 만들었어. 할머니보다 더 느리게 더 천천히 몸을 움직이는 영희 앞으로 과자와 음료수를 내밀었어. 스무 살의 영희는 지독한 고통에 시달린 사람 특유의 체념과 상실의 눈으로 우리를 쳐다봤어. 말을 하는 내내 기침을 하더라. 처음에는 감기인 줄 알았는데, 지금은 다리를 아예 못 움직인다는 거야. 어떻게 그럴 수 있냐고 했더니 영희도 모르겠대. 그렇겠지. 감기로 병원에 갔다가 열이 올라 입원을 했는데 퇴원할 때는 다리가 마비됐다는 게 말이 되는 소리야? 그런데 알다시피 영희는 그런 일을 겪었고, 세상에는 말이 안 되는 일들이 종종 일어나. 그게 나한테 닥치면 비극이고, 타인에게 일어나면 가십거리가 되는 거야. 오랜만에 앉아 있는다는 영희는 고맙다는 말을 많이 했어. 찾아와줘서 고맙다. 저번에 윤정이도 왔다 갔다. 고맙게 생각한다. 가끔 열이 올라 걱정이지만 밥은 잘 먹고 있다. 다리만 움직이면 괜찮아질 것이다. 가을이 되면 서울에 있는 병원에 가 볼 예정이다. 영희는 생각보다 밝았고, 내일이면 당장이라도 일어날 것 같았지. 우리는 또 오겠다고 말하며 나왔어. 영희네 할머니는 우리가 말을 하는 내내 마루를 기어 다녔어. 우리가 다시 영희네 집에 간 건 영희의 장례식을 준비하기 위해서였지.

"너 그때 뭐 입었는지 기억나?"
 영희네 집에 간 날 나는 시내에서 산 화려한 블라우스를 입고 있었어. 쨍한 노란색 바탕에 자잘한 꽃무늬가 예쁜 옷이었어. 지하상가를 돌아다니다 봤는데, 맘에 쏙 들어서 친구에게 돈을 빌려서 샀어. 그때나 지금이나 나는 꽃무늬를 참 좋아해. 화장도 했지. 스무 살 때는 집에 있을 때도 화장을 했어. 종일 거울만 보고 살아도 전혀 심심하지 않았으니까. 그래, 눈 화장을 하고, 마스카라를 발랐지. 컬이 생기게 속눈썹도 집었고. 그게 뭐? 그때는 다 그러는 거 아냐? 영희네 집 옆에 살던 친구가 조심스레 말을 꺼내더라. 네가 가고 나서 영희가 아빠에게 옷을 사달라고 했대. 희진이가 입고 온 블라우스랑 똑같은 걸로. 영희네 아빠는 걷지도 못 하는 것이 무슨 옷을 사냐고 소리를 질렀대. 할머니가 아무리 잡아끌어도 술 취한 중년 남자의 입을 어떻게 막을 거야. 답답해서 그랬겠지. 영희네 아버지도. 하나밖에 없는 딸이, 스무 살밖에 안 된 딸이 누워만 있으니 속이 속이 아니었겠지. 원인을 알면 고칠 방법이라도 찾아볼 텐데, 병원에서 아무리 검사를 해도 병명이 안 나왔다는 거야. 답답했겠지. 불처럼 타오르는 답답함에 술이라도 마셔야 살 것 같았을 거야. 기어 다니는 늙은 어미와 이불에서 못 나오는 딸을 보면 속이 뒤집혀서 고운 말이 나갈 수가 없지. 입 밖으로 나온다고 다 그 사람의 말은 아니잖아. 이놈의 집구석 확 불이나 질러 버린다는 말이 튀어나오는 걸 막지 못했을 거야.

너 죽고 나 죽자는 말은 왜 했을까? 할머니는 그게 꼭 자기에게 하는 말 같았다며 눈물을 뚝뚝 흘렸다고 해. 영희네 옆집에 살던 친구는 오랫동안 할머니의 넋두리를 들었다고 했지. 영희는 다음 날 제초제를 먹었어. 다리를 움직일 수 없던 영희가 어떻게 현관까지 갔을까. 죽을힘을 다했겠지. 기를 쓰고 방을 나와 농약을 먹고 죽은 거야. 발가락도 움직이지 않았던 아이가 몸을 앞으로 밀며 나갈 때 무슨 생각을 했는지 나는 도무지 상상할 수가 없었어. 죽으려고 기를 쓰고 죽어 버린 그 마음을 내가 어떻게 알 수 있겠니. 죽을 힘을 다해 죽은 아이, 혼자 그렇게 죽은 아이, 나와 친하지 않았던 아이가 왜 꿈에서는 제일 친한 친구로 지낼까? 생각하면 할수록 이상한 일이었지.

말을 들은 보살은 옳다구나 하는 얼굴로 말했어. 그 친구가 나를 잡고 있대. 친구의 혼을 풀어주지 않으면, 아이를 가질 수 없다는 거야. 아니, 내가 3번 유산되고 시험관 두 번 실패한 게 그 친구 때문이라는 게 말이 돼? 그런데 보살이랑 엄마는 그게 말이 되나 봐. 엄마는 진지하게 보살에게 말했지.
 어떻게 하면 되겠습니까?
 보살은 기다렸다는 듯이 굿을 해야 한다고 말하더군. 답정녀도 그런 뻔한 답은 잠깐 망설이기라도 하고 내놓아야 하는 거 아냐. 얼굴에 철판이라도 깔았는지 보살은 술술 말하더라. 일단 시장에 가서 제일 화려한 블라우스를 사라. 그리고 몇 날 몇 시에 한라산 중턱 어딘가에서 만나자. 음식을 비롯한 모든 것은 내가 준비할 테니 당신은 돈을 준비해라. 아주 쉽지? 간단

하지? 얼굴도 모르는 친구의 죽은 혼을 보살이 달래준다는 것도, 십 년이 지난 후에야 그 친구에게 블라우스를 선물한다는 것도 이상한데, 엄마는 두툼한 봉투를 건넸어. 하나밖에 없는 딸이 결혼하고 7년 동안 아이가 없으니 어미 속이 타 들어가는 건 알겠는데, 그래도 이건 좀 아니지 않아? 그래서 어떻게 됐냐고? 굿을 했지. 안 할 수가 없었어. 중산간 어느 도로에 차를 세우고 삼나무 숲에 들어가서 빌고 또 빌었어.

 사람 마음이란 게 이상해서 돗자리를 깔아놓으니까 또 빌게 되더라. 무릎을 꿇고 머리를 조아리는 동안 잘못한 일만 생각나서 나중에는 누가 시키지 않았는데 눈물이 쏟아졌어. 사실 영희네 집에 갔다 온 후에 남자친구에게 전화했어. 영희를 보니까 알겠더라. 내가 제일 불행한 줄 알았는데 아니라는 것을. 영희에 비하면 나는 정말 행복한 거였어. 누워있는 영희를 보면서 그런 생각을 했어. 스무 살이라는 게 변명이 될까? 절을 하며 영희에게 미안하다고 했어. 정말 몰랐다고, 용서해달라고 빌었어. 너의 불행을 보며 나의 행복을 만끽해서는 안 되는 거였다고. 미안하고, 미안해서 눈물이 그치지 않았어. 돗자리 아래에 있는 돌에 무릎이 찍혀도 아랑곳하지 않고, 머리가 땀에 젖을 정도로 절을 했어. 얼마나 지났을까. 굿이 끝난 보살에게 인사를 하면 안 된다고 엄마가 말했어. 그렇게 인사도 없이 차에 올랐어. 그 후로 영희는 꿈에 나오지 않았고, 그다음 얘기는 알지? 줄줄이 삼 남매가 태어난 거.

이상하다고? 신기하다고?

나도 그래. 그런데 그런 일이 일어나기도 하더라.

그 보살 연락처 알아?

왜? 연락해보려고? 무슨 일 있어?

그냥 마음에 걸리는 친구가 있어. 죽은 지 꽤 됐는데. 그 친구가 자꾸 꿈에 나와. 그런데 친구의 표정이 너무 슬퍼. 꿈에서도 그게 신경 쓰여. 살아 있을 때도 말이 없었는데 죽어서도 조용히 옆에만 있어. 차라리 나를 미워했으면 좋겠는데, 화를 내거나 해코지라도 했으면 좋겠는데, 그냥 가만히 있는 거야. 착한 사람이 죽으면 귀신도 착한 건가 봐. 그런데 난 그것도 속이 상해. 보살 만나서 나도 굿하면 좋아질까? 꿈꾸지 않으면 내 죄책감이 조금 사라질까?

그게 무슨 말이야? 네가 뭘 잘못했는데?

나는 몰랐어. 정말 아무것도 몰랐어. 몰랐다는 게 변명이 될 수는 없지만, 정말 그때는 아무 생각이 없었어. 내 문제에 골똘했을 뿐이야. 원래 사람이란 게 그렇잖아. 다른 사람이 아무리 큰 병에 걸려도 내 손가락에 박힌 가시가 더 아픈 거 아냐? 그게 잘못된 건 아니잖아. 나쁘다고 말할 수도 없어.

 예전처럼 똑같을 수는 없지. 그게 당연한 거야. 이해해.

 대학을 졸업하고 취직을 할 때까지만 해도 매일 붙어 다녔어. 나는 자취를 했고 친구는 부모님과 살고 있었거든. 가끔 밤늦게까지 술을 마시면 우리 집에서 자고 갔지. 친구는 내가 뭘 하자고 하면 다 좋다고 했어. 싫다는 소리를 하지 않았지. 팥빙수가 먹고 싶다면, 한겨울에도 팥빙수를 파는 커피숍을 찾아다녔고, 스트레스가 쌓였다고 노래방에 가자고 하면 빙그레 웃으며 좋아.라고 말했어. 친구가 팥을 싫어하는 것도, 노래를 잘 못 부른다는 것도 알았지만, 그게 뭐. 싫으면 싫다고 하면 되잖아. 친구는 싫다는 말을 안 했어. 그러면 좋다는 거 아냐? 아닌가? 모르겠다. 몇 번 남자들과 같이 만난 적이 있었어. 사귀던 남자아이의 친구나 선배를 부지런히 소개시켜 줬지. 나만 사랑에 빠지고 싶진 않았으니까. 너도 이제 좋은 사람 만나야지. 하는 마음이었어. 정말이야. 나는 친구가 사랑하고 사랑

받길 원했어. 너도 이제 행복해지라는 말을 한 적도 있었어. 나 말고 다른 사람을 만나라고 했지. 그 친구한테는 이상하게 말이 바로 나가. 내가 무슨 말을 해도 친구는 웃었어. 고등학교 때는 화장실에 손잡고 가고, 급하면 같이 들어간 적도 있었지만, 그건 다 어렸을 때 얘기잖아. 좋아하는 사람이 생기면 솔직히 친구한테 연락을 안 할 때도 많았어. 오랜만에 전화해서 깨졌다고 하며 울먹이면 친구는 기다렸다는 듯이 나를 만나러 왔어. 헤어진 남자친구를 욕해도, 보고 싶다며 울어도, 그 친구는 아무 말도 하지 않았는데, 그러다 보면 어느 순간 내 마음도 가라앉는 거야.

그런 아이였어. 가끔 봐도 어제 만났던 것처럼 편안하고 좋았어. 내 편인 사람이 어딘가에 살고 있다고 생각만 해도 든든했지. 친구는 내가 연애하고, 결혼하는 동안 늘 혼자였어. 오름 동호회에서 만난 남자와 잠깐 만났는데 잘 안 됐나 봐. 사실 어른들의 연애는 소꿉장난이 아니잖아. 손만 잡고 자자는 말을 해도 그걸 곧이곧대로 믿는 사람이 어딨어. 그냥 말만 그렇게 하잖아. 친구는 그런 걸 이해하지 못했어. 순수하지 못하다는 말로 남자들을 밀어냈지.

서른이 넘어가는 여자가 손잡는데 마음의 준비가 필요하다면 누가 좋아해. 조신하고 참한 거, 좋지, 좋아. 그런데 선물 포장지를 뜯어야 내용을 볼 거 아냐. 포장지가 아무리 예뻐도 포장지는 포장지일 뿐이지. 아깝다고 안 뜯어봐? 포장지가 궁금한 게 아니잖아. 내용물이 중요하지. 일단 손을 잡으면 꼭 안아도 보고, 뽀뽀도 하고 그러다 둘만 있고 싶다는 생각이 들면 술기운을 빌든 막차 핑계를 대든 어떻게든 방법을 찾잖아. 앞에서는 아무 것도 몰라요. 하지만, 뒤에서 까는 호박씨를 까도 그저 그러려니 하잖아. 결혼하고 쌍둥이를 낳은 친구가 하루는 이런 말을 하더라. 자기가 아기를 낳고 보니 임신한 여자들을 볼 때마다 다 나와 똑같구나. 저 여자도 할 짓 안 할 짓 다 하고 아이가 생겼구나. 그런 생각이 들더래.

뭐야. 왜 그런 생각을?

그러니까. 그런데 또 그 친구 말이 틀린 거 아니잖아. 사랑한다고 말하면 아름다운데, 잤다고 하면 징그러워? 그건 또 무슨 식인데?

뭐. 일단은 신문지에 싼 장미보다는 예쁘게 포장된 꽃다발이 보기는 좋으니까. 똑같은 거라도 어떻게 말하느냐에 따라 달라지기도 하고.

정말 그렇게 생각해? 대학 때 사귄 남자아이가 있었어. 둘 다 아르바이트하느라 만날 시간이 없었거든. 그런데 남자아이가 시간이 비는 잠깐이면 꼭 내가 일하는 호프집에 들렀다 갔어. 왜? 보고 싶어서?

연애할 때는 다 그렇잖아. 잠깐이라도 얼굴 보는 게 얼마나 좋았는지 몰라. 하루는 지나가다 샀다면서 신문지에 싼 장미를 주더라. 근데 그게 좋았어. 버스 정류장 옆에서 샀다고 하는데, 감동이었어.

포장 안 해도 좋았어?

그럼, 신문지 안에 있어도 장미는 장미잖아. 그 아이가 나를 생각하며 장미를 샀다는 게 좋았어. 포장은 중요하지 않아. 마음이 보였으니까. 오늘은 무슨 색 장미를 살까? 고민도 했을 거야. 나는 노란 장미를 제일 좋아했는데, 그게 또 빨간 장미보다 비싸요.

비싼 게 예쁘긴 하지.

그건 그래.

아, 장미 하니까 생각났다. 나 예전에 완전 웃긴 일 있었는데.

뭔데?

우리 대학 다닐 때 종이장미접기가 유행이었던 거 기억나?

그럼, 다 접고 나면 꽃집에서 포장도 해 주고 그랬잖아.

그러니까. 손재주 좋은 사람들은 너도나도 장미 한 번씩은 접었을걸. 그런데 동생이 파란 장미를 접었거든.

파란 장미? 와. 파란 장미는 처음 들어.

진짜 진한 파란색. 깊은 바다색처럼 짙은 남색에 가까웠는데 예뻤어. 꽃말이 이루어질 수 없는 사랑이래. 동생이 순정만화에서 보고 꽂혀서는 파란 장미 100송이를 접고 시내에 있는 꽃집에 들고 갔어. 포장해달라고. 그런데 꽃집 사장님이 계속 나를 보며 말을 하는 거야. "이거 다 접는데, 얼마나 걸렸어요?", "솜씨가 너무 좋으세요." "남자친구 줄 거예요?" 하면서. 나는 심드렁하게 서 있었는데 옆에 있던 동생 귓불이 빨개졌어. 언제나 그래. 사람들은 긴 머리에 원피스를 입으면 여성스럽다고 말하지. 동생은 키가 크고 머리가 짧았거든. 정작 손재주가 좋고 아기자기한 건 동생이었는데 말야. 선입견이 무서워.

그러니까. 겉모습만 보고 어떻게 속을 다 알아? 그런데 또 다 아는 척을 한다. 난 그게 싫어. 알지도 못하면서 자기 맘대로 생각하고 결론 내리는 거.

그보다 더 심한 게 뭔지 알아?

뭔데?

다른 사람 말은 들을 생각하지 않고, 무조건 자기 말이 다 맞다고 하는 사람.

아. 진짜. 그런 사람은 답도 없지.

한 번 만난 적이 있었는데, 차라리 벽하고 얘기하는 게 나아. 벽은 말없이 들어주기라도 하잖아. 사사건건 말꼬리 잡고 늘어지면서 온갖 아는 척 잘난 척은 얼마나 해대는지 몰라.

정말 싫다.

그러니까.

혹시라도 내가 꼰대처럼 말하면 꼭 말해줘.

기분 나쁠 텐데?

원래 몸에 좋은 약이 쓰고, 바른말은 듣기 싫은 거야.

오케이. 기억할게. 그런데 친구는 어떻게 됐어?

누구?

아까 서른이 넘도록 연애하지 않았던, 못 했다고 했나?

아냐. 그 친구는 안 한 거야. 자기가 밀어낸 거지. 얼마나 예뻤는데. 피부가 하얗고 눈이 새까맣게 빛났어. 웃을 때 왼쪽에만 생기는 보조개도 예뻤고, 특히 덧니가 매력적이었어. 크게 웃을 때만 볼 수 있었는데 가끔 난 덧니로 친구의 기분을 파악하기도 했다니까. 친구는 내 결혼식장에서 환하게 웃으며 사진을 찍었어. 결혼하자마자 임신했을 때도 친구는 자주 놀러 왔어. 아, 맞다. 내가 임신 8개월 때 화상을 입었던 거 알아?
 정말? 어쩌다가?
 한여름이었는데 끓인 보리차를 유리병에 넣다가 유리병이 깨지면서 뜨거운 물이 허벅지에 튀었어. 급하게 화장실에 가서 샤워기를 틀고 찬물을 뿌리는데, 악 소리가 절로 나더라. 남편에게 전화했더니 바빠서 올 수 없다면서 한다는 소리가 뜨거운 걸 유리병에 넣으면 안 된다는 것도 몰랐냐는 거야. 요즘 아이들은 그런 사람을 T라고 한다며? 난 완전 극F거든. 어찌나 화가 나던지. 전화를 팍 끊어버렸지. 그리고 친구한테 전화했어. 마침 근처에서 일하는 중이라면서 금방 달려오더라. 그 친구랑 피부과에 갔어. 3도 화상 진단을 받고, 한 달 넘게 화상치료를 했는데, 태어난 아이의 입술 아래에 커다랗고 번진 형태의 점이 있는 거야. 의사 선생님은 상관없다고 말해도 괜히 그때 화상 때문에 그런 것 같아서 아이 볼 때마다 미안해.

 돌잔치에도 친구는 제일 먼저 와서 식당 직원들처럼 일했어. 나는 아이 보느라 정신이 없었거든. 잠깐 짬이 났을 때 내가 소개해 준 남자 어땠냐고 물었지.

 "세상에 딱 맞는 사람이 어디 있니. 네 나이도 생각해야지. 조금 있으면 마흔 넘은 남자밖에 안 남는다. 이것저것 재지 말고 웬만하면 일 년은 만나봐. 자꾸 만나야 사람이 보이지. 별 사람 없어. 그러니까 눈 딱 감고 만나. 만나다 보면 정들고, 안 맞는 것도 조금씩 맞춰가면서 살면 돼. 혼자 사는 것보다 결혼하는 게 훨씬 좋아. 정말이야."

 그날은 왜 그랬는지 몰라. 평소라면 하지 않았던, 아니 못했던 말들이 막 나갔어. 어쩌면 나만 결혼하고 돌잔치를 치르는 게 미안했는지 몰라. 친구도 나처럼 살았으면 했어. 적당히 타협하고 양보하고, 눈 감으면서 그러다 가끔 만나 우리끼리 낄낄대면서 살고 싶었어. 자기 마음대로 사는 사람이 얼마나 되겠니. 사는 게 다 그렇지. 오죽하면 찰리 채플린이 인생은 가까이서 보면 비극이지만 멀리서 보면 희극이라고 했겠어. 적당히 맞춰 사는 거야. 좋은 척도 하고, 싫은 티는 살짝 감추기도 하면서 그렇게 살아도 되는데. 그 친구는 그게 안 됐어.

 시간이 지날수록 친구는 힘들어하더라. 이런저런 일들을 겪다 보면 마음이 변하고, 생각도 바뀌니까 일단 뭐라도 해 보라고 했지. 사람을 만나봐야 좋은지 싫은지를 알 거 아냐. 그럴 때마다 친구는 알았다고 자기도 그렇게 생각한다고 했어. 알았겠지. 변해야 한다는 것을 누구보다 본인이 알았을 거야. 그런데 그게 안 되는 사람이었던 거지.

그 말 때문이었을까? 내가 한 사람의 인생을 좌우할 만한 영향력이 있을까? 아니면 겨우 버티고 있는 친구를 말 한마디로 툭 밀어버린 건 아닐까? 그 생각을 떨쳐버릴 수가 없어. 그날 친구는 덧니가 보이지 않게 웃었거든. 삼 일 후에 친구의 영정사진 앞에서 아무 말도 못 했어. 나랑 놀러 갔을 때 입었던 아이보리 블라우스를 입고, 덧니를 드러내며 웃는 친구의 얼굴 옆에 검은 줄이 그어져 있었지. 친구의 언니가 핸드폰에 있는 사진 중에서 고른 거라고 하더라. 그 사진 내가 찍어줬어. 환하게 웃는 친구에게 예쁘다는 말을 얼마나 많이 했는지 몰라. 돌 지난 아이를 친정엄마에게 맡기고, 결혼하고 처음으로 남편과 떨어져 장례식장에서 이틀을 보냈어.

요즘 그 친구가 자꾸 꿈에 나와. 나는 늙었는데, 친구는 여전히 고등학생이야. 얼굴은 희미한데 친구라는 건 알아. 그 아이가 꿈에서 나를 보며 웃어. 빙그레 웃으며 날 쳐다봐. 근데 이상하게 마음이 아파서 견딜 수가 없어. 꿈에서도 친구가 죽었다는 것을 생각하는 내가 싫었어. 아니 무섭다는 말이 더 맞을 거야. 꿈에서 친구를 보면, 내가 했던 말이나 행동을 돌아보게 돼. 뭘 잘못했는지. 의미 없는 말이었지만, 그것이 날아가며 칼날이 된 건 아닌지. 의도하지 않았다 해도 받아들이는 사람이 상처를 받는다면, 솔직히 나에게 아무 말도 하지 않고, 그렇게 가 버려서 너무 섭섭했어. 꿈에서라도 물어보고 싶은데 무서웠어. 친구가 나 때문이라고 말하면 정말 못 견딜 것 같았거든. 그래서 아무 말도 하지 않았어.

혹시 네 마음이 친구를 부르는 건 아닐까?

그게 무슨 소리야?

친구가 왜 죽었는지는 알아?

잘 몰라. 장례식장에서 친구의 언니가 무슨 말인가 하긴 했는데, 하나도 못 알아들었어, 나는 생각보다 그 친구에 대해 아는 것이 없다는 것만 알고 왔지. 내가 주로 얘기하고, 친구는 듣기만 했거든. 그게 제일 마음에 걸려. 친구라면서 정작 나는 걔가 무슨 생각을 하고 살았는지 몰랐다는 게.

그동안 네 마음이 정말 불편했겠다.

말을 하지 않으니까 그냥 넘겨짚었던 것 같아. 별 일없이 사는구나. 무탈한 집이구나.하고. 우리 집이 안 그랬으니까. 내 짐만으로 버거워서 친구의 모습을 제대로 보지 못했어.

어쩌면 그런 네 마음이 친구를 부르고 있는 건지도 몰라. 꿈에서라도 웃고 있는 모습을 보면서 미안한 마음을 달래는 거지. 친구가 어딘가에서 잘 살아야 네 속이 조금이라도 편할 것 같아서. 사람은 누구나 이기적이니까. 그렇지?

그런 거 같기도 하다.

그래. 그러니까 보살 찾아가지 마. 괜찮을 거야. 너는 아무 문제 없잖아. 남편 사업도 잘되고, 아이들 잘 크고 있고. 그 정도면 아주 훌륭합니다.

뭐야. 그런 형식적인 말은?

사실인데 뭐.

그런데 시간이 벌써 이렇게 됐네.

어머, 벌써 3시야?

시간 진짜 빠르다

그러니까, 늦었다.

아이들 학교 끝날 시간이야.

할 일은 무슨. 학원 데려다주고, 끝날 때까지 기다려야지.

저녁은 또 뭘 해 먹냐. 매일 고민이야.

그러니까.

다음에 봐.

그래, 얼른 가. 전화할게.

커피숍에 있던 사람들이 너도나도 의자를 밀며 일어섰다. 빈 잔을 카운터에 반납하고, 하나둘 주차장에서 빠져나갔다. 월요일 오후 3시였다.

# 당신의 안녕

어둠 속을 걷는데 익숙해진 사람은 시력이 점차 약화되어,
나중에는 환한 태양의 빛을 견딜 수 없게 된다.


- 데카르트 -

잠자던 남자가 헉 소리를 내며 눈을 떴다. 서늘하고 끈적한 그것이 남자의 등을 치려는 순간이었다. 정체를 알 수 없는 무시무시한 것이 뒤에 있었다. 남자는 아직 깨지 않은 정신을 부르듯 두 눈을 깜빡였다. 손바닥을 쥐었다 펴는 사이 천천히 정신이 돌아왔다. 옅은 숨소리를 내며 아내가 자고 있었다. 다리에 힘이 들어온 것을 확인하고 일어났다. 이불을 옆으로 걷고 조심스레 일어나 방을 나왔다. 새벽 4시다.

　남자는 거실에서 스트레칭을 했다. 손과 다리를 쭉 뻗고, 허리를 폈다. 아침 운동을 마친 남자는 정수기에서 뜨거운 물과 차가운 물을 반반 섞은 후, 고혈압약과 함께 마셨다. 남자는 홀로 깨어 움직이는 새벽을 좋아한다. 어제 읽다 만 가즈오 이시구로의 "남아있는 날들"를 펼쳤다. 책갈피가 끼워져 있는 페

이지를 읽기 시작했다. 커튼 사이로 햇빛이 들어오고, 부엌에서 달그닥 소리가 들릴 때까지 남자는 책에서 눈을 떼지 않았다. 7시 알람이 울렸다. 책을 덮는 남자의 눈과 손에 미련이 가득했다.

 남자에게 출근은 독서를 잠시 미루는 시간이다. 아내의 말에 의하면 중년 남자가 신경 써야 할 것은 뱃살과 안정된 노후였다. 그것만 잘하면 남자는 자유다. 아내는 전업주부지만, 항상 바쁘다. 주말이면 아침 일찍부터 야단법석을 떨었다. 괜찮다. 남자에게 고독은 운명처럼 진한 사랑이었고, 혼자 있는 시간에 하는 사색은 달콤한 여행이었다.

 남자는 목소리가 크고 말이 빠른 친구들 사이에서 말 없는 놈으로 통했다. 남자는 친구들과 할 말이 없었다. 이 시간에 집에 가서 책을 읽는 게 더 좋겠다는 생각을 만날 때마다 한다. 그럼에도 남자가 한 달에 한 번 있는 대학모임에 나오는 건 아내가 떠밀었기 때문이다. 아내는 주말에 집에만 있는 남자가 못마땅했다. 집을 나가면서도 남자의 일정을 꼭 확인했다. 혼자만 나가는 것이 미안한 사람처럼 굴었다. 그렇지 않다고 몇 번을 말했지만, 아내는 변함이 없었다.

 "당신도 밖에 나가서 바람도 쐬고 친구도 좀 만나요. 맨날 집에만 있지 말고."

 아내는 할 말만 하고 문을 닫았다. 미세먼지 나쁨이라는 남자의 말은 신발을 구겨 신고 나가는 아내에게 닿지 않았다.

 남자가 독서만큼이나 좋아하는 것은 SNS다. 남자는 블로그와 인스타와 브런치에 자신만의 공간이 있다. 온라인 친구들이 남자를 부르면, 남자는 사라지고, 책 좋아하는 꿈많은 베짱이와 푸른 구름을 동경하는 청운이 등장한다. 남자의 일상은 새벽 독서와 저녁의 포스팅으로 채워졌다. 남자는 활자중독이 아닌가 싶게 책을 읽었다. 한 시라도 손에 책이 떨어져 있으면 불안했다. 책장은 높을수록 안정감이 있었고, 책은 많을수록 좋았다. 책장에 책이 빈틈없이 꽂혀 있으면 마음이 편안했다. 좋아하는 공간은 도서관 열람실이었고, 마음이 허할 때마다 달려가는 곳은 대형서점이었다.

 2023년 UN이 조사한 국민 1인당 한 달 평균 독서량에서 대한민국은 0.8권으로 192개국 중 166위였다. 평균 독서량은 적지만, 온라인에서는 만나는 사람들은 일 년에 200권~300권을 읽고 포스팅을 하거나 1000권의 책을 포스팅하겠다며 매일 글을 올린다. 어쩌면 그들이 있어 한 달 평균이 0.8를 유지할 수 있는 건지도 모른다. 남자의 온라인 이웃들은 손이 눈만큼 빠르다. "카라마조프의 형제들"나 "코스모스"처럼 길고, 읽기 어려운 책들을 하루에 한 권씩 포스팅한다. 글자를 음미해가며 천천히 글을 읽는 남자에게 빠르게 올라오는 도서 포스팅은 경이로움 자체였다. 책을 읽고 글을 쓰는 공장이 있는 것 같았다. 그들에게 독서는 일정량을 채워야 끝내는 일이었다. 남자는 지금까지 몇 권의 책을 읽었는지 세 본 적이 없다. 책은 몇 권 읽었는지보다 얼마나 마음에 남았는지가 중요하다고 생각했다. 남자는 평생 다른 이들의 글을 읽으며 살고 싶었다.

아내는 그런 말을 하는 남자를 한심스럽게 바라보며 말했다.
"내가 그렇게 책을 많이 읽었으면 벌써 베스트셀러 작가가 됐을 거예요. 당신이 하는 일이란 게 항상 그런 식이지. 실속 없이 좋아하는 것만 할 줄 알아요. 다른 사람들은 '책 100권 읽으면 인생이 달라진다.'라는 책을 잘만 쓰던데. 인풋, 아웃풋도 몰라요? 그렇게 읽었으면 뭐라도 나와야지. 안으로만 쌓아놓고 살면 답답하지 않아요? 나였으면 읽은 책이 억울해서라도 책을 쓰고 싶겠다."
아내가 말을 많이 할 때는 입을 닫는 게 좋다. 안 그러면 누군가의 전화가 올 때까지 끝없이 말이 이어졌다.

*

 처음 만난 날 저녁 메뉴를 정하지 못해 머뭇거리는 남자에게 여자는 한치 불고기를 먹으러 가자고 했다. 남자는 한치를 별로 좋아하지 않았지만, 아무 말도 하지 않고 여자를 따라갔다. 여자는 익숙한 듯 주문을 하고, 남자의 컵에 물을 따랐다. 전부터 알고 있었던 것처럼 친숙하고 편안했다. 남자가 할 말을 찾아 헤매는 동안, 여자는 남자에게 질문을 던지며 대화를 끌고 갔다. 원래 그런 성격인 듯했다. 밝고 상냥하고 자기만의 생각이 뚜렷한, 색으로 치면 찐한 주황색같은 느낌이었다. 이 여자와 결혼할 것 같다는 예감이 들었다. 남자의 청혼에 여자는 기다렸다는 듯이 좋다고 답했다. 그 후로 모든 일이 일사천리로 진행됐고, 남자는 여자와 20년이 넘게 한 이불을 덮고 있다. 종달새처럼 종알거리던 여자는 나이가 들면서 점점 목소리가 커졌다. 막둥이가 대학에 들어가자 아내는 잃어버린 자아를 찾기 위해 집을 자주 나갔다.

남자의 집에는 책이 많다. 서재에 세 칸짜리 책장 세 개를 나란히 세우고, 안방과 아이들 방에도 비슷한 책장이 두 개씩 있다. 거실에도 책장을 놓고 싶은데 아내가 소파와 텔레비전은 절대 치울 수 없다고 강경하게 버텼다. 평소에는 남자에게 별말이 없다가도 아니다 싶은 일에는 절대 양보하지 않았다. 언젠가 아내가 청소하다 소파 옆에 쌓아놓은 책 탑에 발이 부딪쳤다. 아내의 소리에 놀란 남자가 방에서 나왔다. 남자의 눈에 발을 잡고 앉아 있는 아내와 그 옆에 흩어진 책들이 보였다. 아내를 힐끔 보고 나서 책을 정리하기 시작했다. 아내의 시선이 따가웠지만, 정리를 멈출 수 없었다. 책에 부딪힌 게 아프면 얼마나 아플까도 싶었다. 아프면 얘기하겠지. 하며 아내의 옆에서 책을 정리했다. 아내가 아무 말도 하지 않아서 별일 아니라고 생각했다.

\*

 누군가 남자에게 어떤 스타일의 책을 좋아하냐고 물으면 남자는 난감한 표정을 지었다. 남자는 특별히 좋아하는 책이 없었다. 책이라면 뭐든 좋았다. 소설이든 인문학이든 자기계발

서든 모든 책에는 자신만의 색이 있었다. 소장용 책이니 대출용 책이니 하는 말을 하지만 남자에게 책은 모두 소장용이다. 읽고 나서 사는 것이 아니라 사고 나서 읽었다. 일단 내 것이 되면 자신만의 방식으로 읽었다. 처음부터 쭉 읽어나갈 때도 있고, 마음에 드는 부분만 골라 읽기도 했다. 방과 거실, 부엌과 화장실에 어울리는 책을 놓고, 가는 곳마다 다른 책을 읽는 병렬독서를 즐겼다. 어떤 책은 깊은 우물을 탐색하듯 조심스럽고 은밀하게 읽었고, 어떤 책은 봄바람처럼 흔들리며 읽었다. 책의 무게와 상관없이 내용이 묵직해서 마지막 장을 덮고 나면 가슴이 웅장해지는 순간을 좋아한다. 책을 중간까지 읽기도 전에 덮은 건 그러니까 남자의 인생에서 처음 있는 일이었다.

\*

한적한 일요일 오후였다. 오랜만에 집에 온 막둥이와 집 근처 레스토랑에서 브런치를 먹고, 아내와 아이는 백화점에 갔다. 같이 가자며 막둥이가 팔짱을 꼈지만, 예의상 두 번 정도 물어보는 건 아내가 아이들에게 오래전부터 시켰던 행동이다. 남자는 적당히 웃으며 잘 갔다 오라고 했다. 막둥이와 아내가 사람들 속에서 점점 멀어지는 것을 보다 말고 남자가 돌아섰다.

 근처 공원을 산책할까. 도서관에 갈까. 잠시 고민하던 남자의 눈에 책방이라는 간판이 들어왔다. 얼마 전까지 임대가 붙어 있었는데, 언제 공사가 끝났지? 가게 이름이 책방인가? 간단하니 마음에 드네. 남자가 천천히 걸어갔다. 묵직한 나무 문을 잡아당기자 풍경소리가 들렸다. 고개를 들어 보니 작은 종 세 개가 달려 있었다. 손잡이를 잡고 안을 들여다봤다. 책장과 책상, 노란 끈으로 묶인 책들, 은은한 커피향, 편안한 의자와 책 읽기에 적당한 높이의 테이블. 짧은 시간 눈으로 훑어보던 남자는 앞으로 이 공간을 좋아할 것 같다는 예감이 들었다.

"어서 오세요."

 안에서 누군가의 목소리가 들렸다. 발소리가 나는 쪽으로 고개를 돌리던 남자가 흠칫 놀란다.

"가오픈 기간이라 가게가 어수선해요."

 남색 앞치마를 입은 젊은 여자가 머리를 쓸어내리며 말했다.

"찾으시는 책 있으세요?"

"그냥 좀 볼게요."

"네. 편하게 둘러보세요."

여자의 말과는 다르게 남자는 편하지 않았다. 서둘러 이 공간을 나가고 싶기도 했고, 여자와 더 많은 말을 하고 싶기도 했다. 진열대에 놓인 책들을 들추며 남자는 천천히 평정심을 찾았다. 낯선 환경 속에서 만난 새로운 책들은 호기심을 자극했다. 신간 특유의 날카로움과 진한 책 냄새도 좋았다. 여자는 그런 남자를 본다. 책장에 책을 꽂으며, 책을 옮기며, 책에 묻어 있는 먼지를 털며. 남자는 책을 보고, 여자는 남자를 보고, 남자는 여자를 느낀다.

남자는 올해의 젊은 작가상 수상이라는 띠지를 두른 책을 집었다. "이수련" 처음 듣는 이름이었다. 연한 보라색 표지에 마음이 끌렸다. 남자는 계산대로 발을 옮겼다. 저만치 있던 여자가 어느새 계산대에 서 있었다.

"우리 언니예요."

책을 받아든 여자가 바코드를 찍으며 말했다. 남자가 놀란 듯 여자를 쳐다봤다. 넓은 이마와 긴 속눈썹, 웃으면 한쪽에만 생기는 보조개. 똑같다. 그 여자다. 남자는 그럴 수 없다는 것을 알면서도 가슴이 뛰는 걸 여자가 들을까 두려웠다.

"이 책의 작가님이 언니세요?"

"네. 실은 책방도 언니가 하고 싶어서 시작하는 거예요. 언니는 늘 독립서점을 차리는 게 꿈이라고 했거든요. 이 근처 사세요? 책 읽어보고 좋으면 홍보 많이 해 주세요."

여자가 웃었다. 보조개가 깊게 패인다. 머물고 싶었고, 묻고 싶은 게 많았지만 돌아섰다. 빨리 소설을 읽고 싶었다. 그녀를 꼭 닮은 여자의 언니가 쓴 소설이 궁금했다. 남자는 소설을 읽기 전에 책의 표지를 살폈다. 작가 소개란에 사진이 없었다. 이수련. 1998년 제주 출생. 2024년 소설 〈당신의 안녕〉으로 젊은 작가상 수상. 이수련. 제주. 이수련. 제주. 불친절하고 퉁명스럽다. 최소한의 정보만 제공하겠다는 작가의 의지가 토라진 7살 아이처럼 단단하면서 말랑했다. 쉽게 곁을 내주지 않아서 모르는 사람들에게 알 수 없는 거리감을 주는 사람. 목소리가 크고, 자신의 의견을 분명하게 밝혀서 상대를 당혹스럽게 만드는 사람. 돈보다 명예라는 말을 하며 웃을 줄 알았던 사람. 남자가 아는 그 사람과 닮았다.

*

대학에 합격하자 어머니는 시내에 있는 기성품매장에 남자를 데려갔다. 요즘 누가 이런 옷을 입냐고 투덜거렸지만, 어머니는 이런 옷도 입을 때가 됐다고 하며 남자의 어깨를 감싸 안았다. 누가 뭐래도 남자는 어머니의 자랑이었다. 어머니는 아들이 서울에 있는 이름만 대면 알만한 대학에 들어간 것을 무심한 듯 그러나 매우 자세하게 말하고 다녔다. 남자가 나온 초등학교 앞에 플래카드가 붙었다. 말없이 줄담배를 피우던 아버지는 대학 합격 소식을 듣고는 헛기침을 몇 번 하더니
"고생했다".
라고 말하고서는 다시 담배를 물었다. 초등학교 교감 선생님이었던 아버지는 남자보다 키가 작았고, 목소리는 굵고 낮았다. 남자는 자신만 바라보는 부모님과 형의 말이라면 고개부터 끄덕이는 남동생의 배웅을 받으며, 서울에 올라왔다. 소설 속 주인공처럼 청운의 부푼 꿈을 안고 상경했다.

남자는 자취를 시작하자마자 난관에 부딪쳤다. 먹고 마시고 자는 것 모두가 일이었다. 어머니는 남자에게 공부만 하라고 했다. 자고 일어나면 이불 개는 것조차 시키지 않았다. 혼자가 된 남자는 라면 물을 맞추는 것이, 빨래하고, 청소를 하는 것이, 어색하고 서툴렀다. 바보가 된 기분이었다. 시창작 시간이었다. 시인으로 유명한 교수가 강의하다 말고 유리창 문을 열고 담배를 피웠다. 학생들이 웅성거리고 있을 때, 누군가의 목

소리가 들렸다.

"교수님. 나갔다 와도 되나요?"

"무슨 일인데?"

"저도 담배 생각이 나서요."

 교수가 어떤 표정을 지었는지 기억나지 않는다. 책상을 밀며 일어서는 여자와 그녀를 어리둥절하게 쳐다보는 사람들, 아랑곳하지 않고 강의실 밖으로 나가는 모습만 생생했다. 남자에게 세영은 그렇게 각인되었다. 같은 과 여학생들이 신입생 특유의 설레임과 어색함으로 무장한 화장을 하고, 꾸미는 데 열을 올릴 때 세영은 짧은 단발에 시장에서 샀다는 만 원짜리 천가방을 메고 다녔다. 남자는 예측할 수 없는 것, 분명하지 않은 것에 두려움을 느꼈다. 세영은 남자에게 세상에서 가장 불가사의한 존재였다. 이성은 세영을 멀리하라고 했다. 그럼에도 불구하고, 세영만 보면 가슴이 뛰었다. 강의실에 들어갈 때마다 세영을 찾았다. 처음에는 멀리 떨어져서 보다가 점점 거리를 좁혀갔다. 나중에는 세영의 옆자리에 앉아 강의를 들었다. 수업 분위기를 흐린다며 과방에서 학우들이 술렁거릴 때 남자는 세영의 질문에 당황했던 교수들의 얼굴을 떠올리며 재미있다고 생각했다.

소설은 무엇입니까? 라는 질문에 현실 세계에 있음직한 일을 작가가 상상하여 그려낸 문학작품이라는 답이 나왔다. 기다렸다는 듯이 소설은 누군가에게 보여지기 위해 쓰는 것입니까? 내가 하고 싶은 말을 쓰는 것입니까? 라는 질문이 날아왔다. 고개를 숙이고, 교재를 보고 있던 남자가 책상 앞으로 몸을 밀며 교수의 대답을 기다렸다. 교수가 말을 하려는 순간 강의가 끝났다.

"자기만 수업받나."

"그런 건 고등학교 국어 시간에 다 배운 거 아냐?"

"대단한 소설가 나셨네."

  세영은 작지만, 정확하게 들리는 웅성거림에 아랑곳하지 않고 앉아 있었다. 기말고사가 끝나자, 남자는 세영에게 시간이 있냐고 물었다. 세영은 기다렸다는 듯이 술을 사 달라고 했다. 그때 세영의 눈을 처음 봤다. 검은 눈동자가 유달리 크다고 느끼며 남자는 약속 장소를 정했다. 학교가 아닌 낯선 장소에서 만난 세영에게선 빛이 났다. 남자는 세영이 하는 모든 말에 고개를 끄덕였다. 세영은 남자가 하는 말에 크게 웃고, 격하게 반응했다. 말이 술술 나왔다. 술집을 나오는데, 술에 취한 세영의 운동화가 벗겨졌다. 남자는 얼른 몸을 굽혀 세영의 발에 운동화를 신겨줬다. 세영은 일어서는 남자를 힘껏 껴안았다. 사람들이 지나가며 힐끔거렸다. 세영과 함께 있으면, 세상은 두 사람을 중심으로 돌아갔다. 세영과 함께 하는 모든 것은 날 것 그대로의 세상이었다. 술기운을 빌려 처음 밤을 보냈을 때, 세영은 네가 원하는 것이 순결이나 처녀라면 미안하다고 했고, 술에 취해 비틀거리며 남자는 괜찮다고 다 괜찮다고 했다. 남자는 있는 그대로의 세영을 사랑했다. 사랑은 진실하며, 진정한 사랑이란 장애물을 극복하며 쌓아가는 것이라는 소설 속 이야기를 믿었다. 남자는 가끔 세영 대신 총에 맞는 꿈을 꾸었는데, 죽어가는 남자를 보며 세영이 어떤 표정을 지었는지 몰라 답답했다. 누군가 사랑의 유통기한은 6개월이라고 했지만, 남자는 자신의 사랑은 그런 통속적인 것이 아니기 때문에 영원하다고 믿었다. 죽음으로도 갈라놓을 수 없는 사랑에 스스로 만족하고 있을 때쯤 세영은 아르바이트로 바쁘다며 자주 강의에 빠졌다.

  남자는 세영이 아르바이트하는 호프집 앞에서 꽃다발을 들고 있는 자신이 마음에 들었다. 세영이 좋아하는 가수의 앨범을 선물하고, 은반지를 나눠 끼며 커플링이라고 낄낄댔다. 세영의 생일날에 친구들 앞에서 14K 목걸이를 걸어주며 축하를 받았다. 100일 기념 장미꽃 100송이, 화이트데이에 인형과 사랑 선물하기. 연인들 사이에서 오가는 편지와 깜짝 선물들을 준비하며, 남자는 세영을 사랑하는 자신의 모습을 사랑했다. 세영이 아르바이트를 마치고 바로 오느라 미처 유니폼을 갈아입지 못한 날이었다. 은은하게 광택이 흐르는 블라우스와 검정 벨벳 바지를 입은 세영을 보자 남자는 알 수 없는 흥분에 휩싸였다. 세영이지만, 세영이 아닌 것 같았다. 매끈거리는 블라우스의 단추를 하나씩 풀고, 엉덩이에 딱 달라붙는 바지를 내리며 남자는 세영에게 쉴새 없이 키스를 퍼부었다. 세영의 몸은 얼음같이 차가웠다. 딱딱하게 굳은 젖꼭지에 입을 대고 남자는 배고픈 아이처럼 빨아대기 시작했다. 세영의 몸이 꿈틀거렸다. 남자의 뜨거운 것이, 뜨거워서 타버릴 것 같은 그것이 세영의 안으로 들어갔을 때, 세영은 짧고 낮은 탄식을 뱉어냈다.

\*

 남자는 책을 읽을 수 없었다. 〈당신의 안녕〉 속의 당신은 남자가 분명했다. 연한 보라색의 책 표지는 언젠가 세영이 입었던 얇은 블라우스를 연상시켰다. 소설 속의 인물과 장소는 남자와 달랐지만, 세영과 함께 했던 모든 시간이 소설 속에 있었다.

'내게 이런 날이 있었구나.'

남자는 책을 덮고 잠시 먼 곳을 쳐다봤다. 익숙한 공간이 낯설게 느껴졌다. 손을 들어 손가락을 본다. 파란 힘줄이 여기저기 솟아있는 하얀 손은 그때를 기억하고 있을까? 천천히 손가락을 움직이던 남자는 불현듯 아랫도리에 힘이 들어가자 놀라움을 금치 못했다. 추억이나 전설처럼 기억으로만 남았던 감각이 조금씩 살아남을 느꼈다. 집에 아무도 없었지만, 누군가 보는 것 같아 주위를 두리번거렸다. 남자는 망설였다. 책을 읽고 싶은 마음과 읽으면 안 된다는 마음이 동시에 밀려왔다. 아무것도 하지 않으면 아무 일도 일어나지 않는다. 남자는 선택해야 했다. 그것은 남자에게 너무도 어려운 일이었다.

\*

창작의 자유라는 말은 국문과 안에서 통하지 않았다. 누군가 자신만의 글을 쓰고 싶다고 말하면, 일단 등단을 먼저 하라는 말이 돌아왔다. 가을은 신춘문예의 계절이고, 등단은 반드시 거쳐야 할 통과의례였다. 만일 당신이 이상의 "날개"를 쓸 자신이 없다면, 그래서 당선이라는 타이틀을 달고 등단하고 싶다면, 심사기준에 맞는 소설을 써야 한다. 정확한 문장과 뚜렷한 주제, 잘 짜여진 구조를 갖춰진 작품은 단정하고 품위가 있다. 작가의 개성이 돋보이거나 난해한 문장은 주머니를 뚫고 나온 송곳처럼 손바닥을 찌를 뿐이었다. 세영의 소설은 늘 논란을 불러일으켰다. 세영은 학업과 아르바이트를 병행하면서도 소설을 써서 냈고, 합평 시간마다 깨졌으면, 글이 형편없다고 생각했던 선배가 그해 겨울 등단했다는 소문을 듣고 분노했다. 남자는 교원자격증을 따고, 임용고시를 치를 계획이었다. 세영은 출석보다 자유시간을 즐겼고, 학우들은 세영에게 별종이라는 딱지를 붙였다. 누가 먼저 시작했는지도 모르게 세영은 낙인 아닌 낙인이 찍혔고, 그것은 시간이 흐를수록 진해졌다. 남자는 성실하게 교수가 원하는 답안지를 제출했다. 학우들과도 원활한 관계를 유지했다. 선배들은 세영과 사귀는 남자를 따로 불러 조언을 아끼지 않았다. 모난 돌은 정을 맞고, 개성과 별종은 한 끗 차이다. 사람들은 모두가 예라고 할 때 No라고 외치는 사람보다 함께 YES를 외치는 사람을 좋아한다. 남자는 그런 말을 들을 때마다 어색한 웃음을 지으며, 자신이 알아서 한다고 말했다.

2학년 첫 MT날이었다. 여느 때처럼 남자는 세영과 나란히 앉아 저녁을 겸한 술자리를 즐기고있었다. 세영은 무슨 일이 있었는지, 밥을 먹기도 전에 술을 마셨다. 남자는 세영에게 몇 번이나 천천히 마시라고 말했다. 세영은 듣는 둥 마는 둥 했고, 남자도 더 이상 말하지 않았다. 얼마나 시간이 지났을까? 세영이 화장실을 찾았다. 남자가 따라가려고 일어서자 세영은 괜찮다고 했다. 엉거주춤 서 있는 남자를 선배가 끌어 당겼다.
"화장실까지 따라가지 않아도 너희들 사귀는 거 다 알아."
남자가 선배와 이런저런 얘기를 하고 있었다. 그때 멀리서 웅성거리는 소리가 들렸다. 남자는 본능적으로 일어나 소리가 나는 곳으로 달려갔다. 그곳에 세영이 있었다.
"너 때문에 우리 과 분위기가 엉망인 거 알아?"
"그게 왜 저 때문이에요?"
"네가 밖에서 이상한 소리 하고 다니는 거 다 알고 있어."
"그래요? 저도 선배가 학생회 회비를 어떻게 사용하는지 알고 있는데."

총무가 세영의 뺨을 때렸다. 세영이 부들부들 떨며 소리를 지르기 시작했다. 남자가 세영이에게 다가갔다. 세영과 남자는 총무와 마주 선 모양새였다. 세영은 남자의 손을 뿌리치며 더 때려보라고 외쳤다.

"얼마나 못 났으면 여자를 때리냐? 센 사람 앞에서는 끽소리도 못하면서. 소설 속에서 맨날 강한 척하는 것도 병이야. 병. 선배가 못 하는 걸 왜 주인공한테 시켜? 소설로 대리만족이나 하는 비겁한 놈."

"그만해. 세영아. 그만. 가자."

세영은 그동안 하지 못했던 말을 다 하기로 작정한 사람같았다. 얼마나 쌓아두었는지 얼마나 속으로 되뇌었는지 모를 만큼 세영의 입에서 나오는 말은 거침이 없었다. 한 사람, 한 사람의 이름을 불러가며 그들의 행동을, 그들의 소설을 씹어댔다. 남자는 세영이 때문에 자신까지 찍히는 건 아닌지 두려웠다. 세영의 폭주가 부담스러웠다. 남자는 분란이 싫었다. 세영과 둘만 만나면 아무 문제가 없었다. 문제는 사랑만으로는 살 수 없다는 것이다. 세영은 하고 싶은 말과 해서는 안 될 말들을 쏟아냈다. 남자는 그 말들을 주워 담아야 수습이 된다는 것을 알았다. 비틀거리는 세영을 택시에 태우며 남자는 처음으로 세영이 버겁다고 생각했다.

"개새끼. 넌 병수가 나 때리는 거 봤는데도, 아무 말도 안 했어. 남자친구 맞아? 사랑한다며? 나만 사랑한다고 했잖아. 나쁜 새끼야."

택시를 타고 가는 내내 세영은 남자의 가슴을 치며 울먹였다. 남자는 할 말이 없었다. 두려웠다. 교수들은 병수 선배를 좋아했다. 남자는 선배가 회장이 되면 조교로 일하며 과에서의 입지를 다질 생각이었다. 세영과 병수 선배가 부딪치면 안 된다. 남자는 세영과 병수가 타는 시소 위에 위태롭게 서 있었다. 한쪽이 올라가면 한쪽은 반드시 내려온다. 남자가 원하는 사랑과 평화는 애초에 불가능한 일이었다.

\*

남자는 나서야 할 때 나서지 못하고, 해야 할 때 하지 못했다. 항상 그런 식이었다. 선택의 순간이 오면 남자는 도망쳤다. 고등학교 때 학교폭력에 시달리다 자살한 친구가 그에게 증언을 부탁했을 때, 남자는 거절했다. 엄마가 그렇게 하라고 했다. 복잡한 일에 휘말려서 좋을 거 하나 없다고 아버지가 거들었다.

좁은 동네에서 괜히 사람들 입방아에 오르내리는 건 좋지 않다. 좋은 게 좋은 거니 웬만하면 그냥 넘어가자는 말에 남자는 친구의 전화를 받지 않았다. 친구가 학원 옥상에서 떨어졌을 때, 남자는 그 학원 5층에서 수학 강의를 듣고 있었다. 고3이었고, 1학기 중간고사를 일주일 앞두고 있었다. 어려서 그런 줄 알았다. 어른이 되면 책임질 줄 알고, 선택도 잘할 줄 알았다. 선택해 본 적도 없으면서, 할 수 있을 거라 생각했다. 어른이 되면, 어른만 되면.

 남자의 부모는 남자가 살 집을 구하고, 계약서를 쓰고, 집주인에게 남자를 부탁했다. 시골로 내려가면서도 끝내 마음을 놓지 못했다. 어머니는 김치와 쌀, 고추장과 마른 김 등을 떨어지지 않게 보냈다. 남자와 통화할 때마다 밥을 먹었느냐고 물었다. 남자는 어머니가 보낸 반찬들로 세영의 자취방에 있는 냉장고에 채웠다. 그런 남자를 보며, 세영은 부모님은 늘 바쁘다고 말했다. 세영의 부모님은 한 번도 세영을 찾아오지 않았다. 세영은 혼자 방을 구하고, 계약서를 썼다. 주인집에 딸린 작은 방이었다. 서울로 오기 전까지 작은 방에서 동생 두 명과 잤다는 세영은 자기 방을 갖는 게 소원이었다고 했다. 처음 자취를 시작할 때 혼자 이불을 차지하고 잠을 잔 날을 잊을 수 없다고 했다.

"이불 하나로 셋이 덮었어?"

"응, 근데 나는 중간에 자서 항상 바람이 들어왔어."

"왜?"

"동생들이 양쪽에서 이불을 잡아당기면 가운데 이불이 뜨거든. 좋은 점도 있었어. 겨울에 이불을 깔고 바로 누우면 선뜻하게 찬 느낌이 들거든. 내가 공부할 때, 동생이 이불을 깔고 자리에 누워. 그러면 나중에 들어갈 때 이불이 따뜻해. 포근포근해. 그건 좋았어. 웃풍이 심해서 코끝은 시렸는데 이불 속은 너무 따뜻한 거야. 그런데 또 바람은 들어와. 엉망이지?

"아니. 나는 동생이랑 같이 자 본 적이 없어서 뭔가 아련한 기분이야."

"그땐 참 많이도 싸웠는데, 있잖아. 나는 밤에 불 꺼진 방에 들어가는 게 싫어. 무서워."

처음 남자가 세영의 집에서 자고 간 날, 세영은 숨겨온 비밀을 하나씩 풀어내듯 남자와 나란히 누워 말을 이어갔다.

"언제부터 담배를 피웠어?"

"방에 들어오자마자 불을 켜면 힘이 쭉 빠져. 벽에 기대서 담배를 피워. 그러면 살 것 같아. 난, 불 꺼진 방에 들어가는 게 무서워."

"내가 불 켜고 기다리고 있을게."

"거짓말."

"정말이야."

남자는 아기를 재우듯 조용히 작은 목소리로 말했다. 날 선 고슴도치 같던 그녀는 남자의 품에 쏙 들어왔다. 남자의 팔베개를 베고 금세 잠이 들었다.

\*

그런 그녀가 이번에는 남자가 옆에 있어도 잠들지 않았다. 아니 못했다. 소설처럼 상황이 극적으로 흐르지도 않았다. 택시가 경찰서 앞에 섰다. 택시비를 내는 사이 세영은 혼자 경찰서 안으로 들어가고 있었다. 남자가 뛰어가 세영을 잡았다. 한 번 더 생각하라며 세영을 설득하는 사이 경찰복을 입은 남자가 다가와 무슨 일이냐고 물었다. 세영이 기다렸다는 듯 대답했다.

"고소하러 왔어요."

"누구를?"

"우리 과 선배요."

"무슨 일인데요?"

"저를 때렸어요."

"언제? 어디서? 보기에는 많이 다친 것 같진 않은데. 학생. 무슨 일인지는 모르겠지만, 웬만하면 둘이 잘 이야기해서 해결해보세요. 같은 과 선배 고소해서 좋은 게 뭐가 있겠어요."

좋은 게 좋은 거란 말이 반가운 건 처음이었다. 남자가 고개를 숙이며 인사하고, 세영의 팔을 잡았다. 경찰서 정문을 나오는 세영의 얼굴은 하얗게 질려 있었다. 집에 오는 내내 세영은 한마디도 하지 않았다. 남자도 말없이 걷기만 했다.

병수 선배 옆에는 세영의 평소 행동을 평행이라고 단정짓는 사람들이 철옹성을 치고 있었다. 자신을 항변하기 위해 세영은 강의에 빠지지 않았고, 학교행사에도 적극적으로 참석했는데, 그럴수록 소문은 사그러지는 것이 아니라 부풀어 올랐다. 사건을 키우려고 하면 할수록 세영만 이상한 사람이 됐다. 고소해서 선배의 실체를 밝히겠다던 세영의 계획이 경찰의 만류로 실패한 후, 세영은 학교 게시판에 글을 올렸다. 그로 인해 조금이나마 세영을 이해하려고 했던 사람들의 마음이 완전히 돌아섰다.

"과 망신을 시키는 것도 유분수지. 이게 뭐야. 창피하게."

"다른 과 애들까지 세영이가 누군지 물어본다니까."

"자기 얼굴에 침 뱉는다는 것도 모르나?"

"자기는 뭐 떳떳한가."

"걔랑 안 자본 남자가 없다더라."

사람들은 이제 세영이 앞에 있든 말든 신경 쓰지 않았다. 없는 사람처럼, 이상한 사람처럼 몰아갔다. 옹호하려는 말을 하면 무리에게 떨어져 나갈 것을 두려워하는 사람까지 가세했다. 아무도 세영의 말을 듣지 않았고, 세영을 피하기 급급했다. 언제부턴가 세영이 학교에 나오지 않았다. 남자는 몇 번 세영을 찾아갔지만 만나지 못했다. 기말고사기간이었다. 남자는 일단 시험이 끝난 후에 세영과 만나 얘기하기로 하고, 공부에 몰두했다. 세영은 강하니까 혼자서도 뭐든 잘하는 아이니까 별일 없을 거라고 편한 대로 생각했다.

\*

〈당신의 안녕〉 속 남자는 고립된 여자를 끝까지 지켰다. 활화

산처럼 자신을 태웠던 스무 살의 여자를 옆에서 지켜보는 관찰자이자 마지막을 함께 한 증인이었다. 소설 속 여자는 남자의 지극한 사랑에도 불구하고, 불공정한 세상을 견딜 수 없다며 스스로 생을 마쳤다. 소설 속 남자는 그런 여자에게 배신감을 느꼈다. 남자는 사랑을 믿지 않았던 여자가 원망스러웠지만, 그럼에도 불구하고 끝까지 여자를 사랑했다. 여자의 죽음 이후 한 번도 여자를 잊지 못하고 힘든 삶을 가까스로 살아내고 있었다. 소설과 달리 남자는 세영을 잊고 살았다. 잊으려고 애쓰며 살았다. 잊고 싶었다. 읽은 기억은 있지만, 내용은 잊어버린 그런 소설로 세영을 기억했다. 소설 속에서 세영은 22살에 죽었다. 그렇다면 이 글을 쓴 사람은 누구일까? 세영은 지금 어디서 무엇을 하고 있을까?

 백화점에서 두 시간만 있다 오겠다던 아내와 막둥이는 저녁 무렵에 커다란 종이가방을 양 손에 들고 현관문을 들어섰다. 다음에 또 가자는 말을 하는 걸로 보아 좋은 시간이었던 것 같다. 아내는 소파에 앉아 책을 읽는 남자에게 저녁은 새로 생긴 샤브샤브집이 어떠냐고 물었고, 남자는 괜찮다고 대답했다. 밥을 먹으며 남자는 한 집에서 함께 살며 끼니를 같이 먹는 사람을 식구라 부른다는 글을 떠올렸다. 남자는 자취하는 세영의 집에서 거의 매일 저녁을 먹었다. 세영이 5시부터 레스토랑 아르바이트를 시작하자, 남자는 세영이 끝나는 시간에 맞춰 세영을 집까지 데려다주었고, 떡볶이나 김밥을 먹으며 낄낄댔다. 같이 살지는 않았지만, 끼니를 같이하는 사람이 식구라면 그때 남자의 식구는 세영이었다. 남자는 문득 세영도 남자를 식구라고 생각했을지 궁금해졌다. 세영은 종종 남자를 부잣집 도련님이라고 불렀다. 장난처럼 마마보이라는 말을 쓴 적도 있었는데, 남자가 심하게 부정하자 바로 사과했다. 세영은 엄마가 사 준 옷을 입고 다니는 남자에게 가끔 핀잔을 줬지만, 남자는 그게 뭐 잘못이냐는 듯이 소영을 쳐다봤다.

"좋아하는 음식이 뭐야?"

"그냥 다 잘 먹어."

"지금 먹고 싶은 건?"

"너는 뭐 먹고 싶은데?"

"하고 싶은 게 있어?"

"너랑 같이 하는 건 다 좋아."

"그게 뭐야. 네 생각은 없어?"

"이게 내 생각인데. 네가 좋으면 나도 좋아."

"못 말린다. 정말."

남자는 세영이 원하는 대답이 아니라는 것을 알았지만, 왜 그것이 오답인지 알 수 없었다. 사랑하는 사람과 같이 있고 싶고, 같이 나누고 싶고, 같은 것을 먹고, 뭐든 같이 하는 게 이상한 건가? 고난과 시련은 완벽한 사랑으로 가는 필수 단계다. 괴물을 물리치고, 가시덤불을 헤치고 나가야 공주를 만날 수 있다. 사랑에 빠진 남자는 소설 속 주인공이었다. 세영은 호기심을 자극하고, 결과를 예측할 수 없는 그래서 한 번 읽기 시작하면 끝을 봐야 하는 소설이었다.

남자는 아무 일도 일어나지 않는 삶을 꿈꿨다. 흔들리지 않는 편안함이 좋았다. 모험과 서스펜스, 사랑과 전쟁은 책에서 만나는 것으로 충분했다. 누구나 소설 속의 주인공을 꿈꾸지만, 주인공의 고난과 시련에는 관심이 없다. 정작 소설 같은 현실에서는 주인공이 되는 것보다 관객의 자리를 선호한다. 호응해주고 박수치며 한걸음 떨어져서 보는 것이 좋다. 고되고 힘들고 어려운 일일수록 더욱 그렇다. 사랑하는 순간 상대도 내 마음과 똑같아서 일이 술술 풀리고, 갖고 싶다고 생각하면 내 것이 되고, 아이들은 무탈하게 자라며, 결혼 생활은 도덕 교과

서처럼 반듯하게 유지되는 소설은 어디에도 없다. 소설은 주인공의 욕망이 거대한 벽에 부딪힐 때 시작한다. 가질 수 없는 욕망일수록 유혹은 강렬하다. 벽은 크고 단단하고 두꺼울수록 깨는 재미가 있다. 갈등은 소설의 기본이다. 부딪치고 싸우고, 갈망하고, 좌절하며 눈물을 흘리고, 악몽에 시달리다 잠이 깨면 아침이다. 그것은 소설이면서 현실이고, 현실 속에서 일어나는 소설 같은 일이다. 간절히 원하는 것은 손에 잡힐 듯하다 더 멀리 달아나고, 욕망은 끊임없이 성취를 갈구한다. 가질 수 없는 것을 갖고자 하고, 이미 가진 것을 무참히 버리고 후회한다. 사랑할수록 달아나고, 외면하면 돌아선다. 더 많이 사랑하는 사람이 상처받는다. 남자는 물결 하나 일지 않은 맑은 날의 호수가 좋았다. 폭풍우가 몰아치는 바다에는 나가지 않는 것이 상책이다. 모험은 넘어지고 깨지고 아프고 힘든 것이다. 상처받지 않으려면 가만히 있으면 된다. 아무것도 하지 않고, 어디에도 가지 않으면 된다. 꿈꾸는 것만으로 족하다. 세상의 모든 모험은 책 속에 있었다. 하지 않아도 되는 걸 굳이 하려는 노력은 무의미하다. 〈당신의 안녕〉을 읽지 말았어야 했다.

\*

이수련의 소설 〈당신의 안녕〉은 남자의 목덜미를 잡아끌고 내동댕이쳤다. 소설 속에 빠져들게 했고, 남자의 엉덩이를 걷어차 밖으로 쫓아냈다. 아무것도 하지 않음으로써 아무 일도 생기지 않음에 안도하던 남자에게 뭐라도 하라고 재촉했다. 이런 말을 듣고도 가만히 있으면 사람이 아니라고 말했다. 소설을 남의 이야기로만 생각하며 살았던 남자는 소설을 쓰고 싶다는 강렬한 유혹에 어쩔 줄 몰랐다. 소설은 내가 하고 싶은 말을 이야기로 만드는 것인가? 들려주고 싶은 이야기를 꾸며 쓴 글인가?

"무슨 책을 그렇게 심각하게 읽어요?"

남자는 희미하게 웃었고, 아내는 금방 시선을 텔레비전으로 돌렸다. 남자는 아내의 무관심에 안도했다. 남자는 자신의 안에서 일어나는 알 수 없는 현상이 밖으로 흘러나올까 전전긍긍하기 시작했다. 무언가를 결심한 듯 남자가 책을 덮고 일어났다. 책으로 가득 찬 방에 들어가 책상에 놓인 노트북을 본다. 먼지가 수북했다. 언제나 그 자리에 있으나 아무도 들여다보지 않는 고대의 유물같다. 남자는 물티슈로 노트북에 묻은 먼지를 닦아내고 선을 연결했다. 빨간불이 켜졌다. 한때 남자에게 설렘과 좌절을 동시에 안겨줬던 텅 빈 모니터를 본다. 글을 쓴다는 것은 발가벗고 거리에 누워있는 것과 같다. 부끄럽고 두렵다. 그럼에도 불구하고, 글을 쓰고 싶다.

충전이 다 될 때쯤이면 돌아올까? 남자의 기억이. 세영의 모습이. 남자는 세영이 사라지고 난 후, 한 번도 세영을 찾지 않았다. 아무 말 없이 떠난 세영을 이해할 수 없었다. 적어도 남자에게만은 무슨 말이든 할 줄 알고 기다렸다. 글을 쓴다면 무방비상태의 자신과 마주해야 한다. 퇴색된 과거의 기억들이 기다렸다는 듯이 튀쳐나오기 시작했다. 두려움과 약간의 기대감으로 무장한 남자가 손을 움직인다. 남자는 오랫동안 방에서 나오지 않았다.

# 나를 깨워줘

장미에게는 시간이 없다.
단지 장미가 있을 뿐이다.
그것은 존재하는 매 순간 완벽하다.
잎눈이 트기 전에 그 온 생명이 약동한다.
장미의 자연(본성)은 충족되어 있고,
동시에 모든 순간마다 자연을 충족시킨다.

- 랄프 왈도 에머슨 -

새벽 5시. 알람이 울렸다. 책상에 엎드려 있던 여자가 고개를 들어 확인 버튼을 눌렀다. 주변이 조용해졌다. 차들이 지나가는 소리, 보이지 않는 새들의 울음소리, 누군가의 발자국 소리에 맞춰 아침이 오고 있었다. 여자는 세수를 하며, 손가락으로 관자놀이를 꾹꾹 눌렀다. 눈알이 빠질 것 같았지만, 시원했다. 턱과 귓불 사이를 반복해서 문질렀다. 노폐물이 잘 쌓이는 곳이라 그곳을 자극하고 눌러줘야 얼굴이 붓지 않고, 턱선이 살아난다는 말을 어디선가 들은 뒤였다.

5시 10분이다. 오늘은 10분 단위로 8명의 회원에게 모닝콜을 해야 한다. 미지근한 물을 마시고 입을 가볍게 헹구었다. 양치질하면 좋겠는데, 그러면 약속 시간을 못 맞출 것 같았다. 여자는 꾸물대다 시간을 놓친 자신에게 구시렁대며 가글을 했다. 5시 15분. 두어 번 헛기침을 한 여자가 책상 앞에 앉았다. 밤새 읽은 책과 필사한 노트가 여기저기 흩어져 있다. 손을 놀려 책상을 정리했다. 5시 20분이다.

 핸드폰을 들고 전화를 건다. 신호음이 길게 이어졌다. 모닝콜을 신청한 고객들은 아침에 일어나기 힘든 사람들이다. 그들에게 핸드폰 울림은 알람시계와 별반 다를 게 없었다. 다만 알람은 끄고 다시 잘 수 있지만, 모닝콜은 상대가 일어났다고 대답할 때까지 울린다. 울려야 한다. 신호음이 끝까지 울리고, 녹음으로 넘어가기 직전까지 전화를 먼저 끊으면 안 된다. 여자는 상대가 받을 때까지 전화기를 놓지 않았다. 그것 또한 업무 매뉴얼에 있는 내용이었다. 안 받으려나. 다시 할까? 생각하는 순간, 고객이 전화를 받았다.

"희진님, 좋은 아침입니다."

"아, 네."

 역시나 고객은 이제야 일어난 모양이었다. 목소리가 잠겨 있었다. 이럴 때일수록 높고 밝은 목소리로 말을 걸어 고객의 잠을 깨운다. 그것이 알람시계와 다른 인간 모닝콜만의 강점이자 차별화였다.

"희진님, 이제 일어나실 시간이에요."

"네."

"오늘도 즐겁고 행복한 하루 보내세요."

"감사합니다."

 전화가 끊겼다. 5시 25분이다. 전화를 늦게 받은 바람에 시간이 늦어졌다. 모닝콜 서비스를 받은 고객이 전화를 받고 난 후 잠이 깼는지, 아니면 다시 자는지 여자는 모른다. 다만 한 달에 3만 원을 입금한 사람들에게 원하는 시간에 전화를 할 뿐이다. 확실하게 일어났는지 한 번 더 점검하는 추가콜은 요금이 더해진다. 잠이 없는 여자는 잠에 취한 사람들의 목소리가 부러웠다. 전화벨 소리가 울리는 줄도 모르고 잤다는 말을 들으면 질투가 나기도 했다. 어떻게 하면 그렇게 정신없이 잠을 잘 수 있을까? 여자는 꿈을 꾸지 않고 잠에 빠져든 게 언제였는지 기억이 나지 않았다.

*

 여자가 직장을 그만두었을 때, 여자의 엄마는 여자가 살면서 듣도 보도 못한 욕짓거리를 쏟아냈다. 다. 그리고 저주같은 마지막 말을 남겼다.

"멀쩡한 직장을 때려치우고 네가 얼마나 잘 되는지 두고 보겠어."

여자의 가슴을 쿡쿡 찌르는 말은 대본에 쓰여 있는 대사같았다.

여자의 엄마는 여자가 글 쓰는 것을 오래 전부터 싫어했다. 처음에는 눈이 나빠진다며 책을 조금만 읽으라는 말로 시작됐다. 다른 엄마들은 아이들이 책을 읽지 않아서 고민하는데, 여자의 엄마는 어찌 된 노릇인지 여자가 책에 빠지는 것을 극도로 싫어했다. 책을 읽느라 밥때를 놓치는 여자의 등짝을 때리며, 정신을 차리라고 했다. 모르는 이들은 책만 읽는 여자를 순하고 착하다고 했지만, 여자의 엄마는 고집불통에 고지식하다고 말했다. 여자는 그러거나 말거나 책에 빠져 살았다. 읽다 보니 쓰고 싶어졌다. 엄마도 깔깔거리며 웃다가 마지막에 눈물 흘리는 그런 글을 쓰고 싶었다. 밥 먹는 게 제일 중요한 엄마에게 글을 보여주고 싶었다. 여자가 소설가가 되고 싶다고 했을 때, 여자의 엄마는 글을 쓰면 밥이 나오느냐, 쌀이 나오느냐며 반대했다. 그런 건(그렇다 분명, 여자의 엄마는 글쓰기를 그런 것이라고 표현했다) 결혼해서 한가할 때 해도 된다고 했다. 당장 먹을 밥이 없는데, 글을 쓴다는 것이 말이 되냐고 소리쳤다. 여자는 글을 쓰지 않으면 살 수가 없다는 말을 하지 않았다. 그 말을 하면, 밥을 먹어 치우며 하루를 사는 엄마가 어떤 표정을 지을지 알고 있었다. 여자는 말이 통하지 않는 엄마의 집에서 3년째 살고 있다. 처음에는 딱 2년만 해 보고 안 되면 포기하겠다고 약속했다. 2년을 꽉 채운 어느 날, 여자의 소설이 최종 심사에서 떨어졌다. 여자는 엄마에게 3년을 더 달라고 했다. 여자의 엄마는 네 나이가 몇인지 알기나 하냐며 소리를 질렀다. 하지만, 늘 그렇듯이 자식을 이기는 부모는 없었고, 여자는 지금도 엄마가 차려준 밥을 먹으며 글을 쓰고 있다.

  하고 싶은 말이 있었다. 그 말을 해야 하는데, 들어주는 사람을 찾지 못한 여자는 그래서 글을 쓰기 시작했다. 종이는 말없이 여자가 하는 말을 받았다. 여자는 종이의 침묵이 좋았다. 그 안을 자신의 말로 채워 넣는 것이 좋았다. 여자가 쓰는 글은 여자가 하고 싶은 말이었다. 뭐에 홀린 듯 글을 써나갈 때는 정말 뭐라도 될 것 같았다. 그러나 대부분의 글은 끝을 맺지 못하고 끝이 났다. 소설은 머릿속에 있을 때만 빛이 났다. 여자도 그걸 알고 있었다. 글을 쓰면 쓸수록 여자는 애가 탔다. 속이 시꺼멓게 변했다. 그럼에도 불구하고 쓰는 것을 멈추지 않았다.

안에 있는 것을 꺼내놓지 않으면 미칠 것만 같았다. 하지 못한 말, 해야 했던 말들이 쌓여 여자는 숨을 쉴 수 없었다. 얼마 전까지 여자가 생리현상을 해결할 때만 빼고 글을 썼다. 글에 매달렸다. 배고픔도 잊고, (사실 배가 고프지도 않았다) 잠자는 것도 잊고, (혹은 잠자는 것을 아까워하며) 그렇게 글을 썼다. 어떤 날은 글을 쓰다 의자에 앉아 잠깐 존다는 것이 정신을 차려보니 아침일 때도 있었다.

\*

어느 날 글을 쓰던 여자는 문득 커피가 마시고 싶어졌다. 컵에 봉지 커피를 넣고 뜨거운 물을 부은 후, 컵을 집으려는 순간, 컵이 떨어졌다. 손잡이가 있는 작은 도자기컵이었다. 몸통을 잡으려다 뜨거워서 손을 놓친 거라고 대수롭지 않게 생각했다. 여자는 다음 날에도 커피를 쏟았다. 이번에는 모르는 중년 남성의 허벅지 위에 여자의 커피가 쏟아졌다. 농협에서 차례를 기다리며 커피를 마시던 여자가 잠시 컵을 테이블 위에 올려놓았을 때 생긴 일이었다. 의자에 앉아 핸드폰을 보고 있던 남자는 고래고래 소리를 질렀다. 여자는 연신 "죄송합니다."

라고 하며 머리를 조아렸다. 티슈를 가져와 남자의 바지에 묻은 커피를 닦아냈다.

"뭐, 이런 정신 빠진 여자가 있어."

여자는 대꾸하지 않고, 커피를 닦는데 집중했다.

"어? 젊은 사람이 말야. 뭘 한다고 기어 나와서 이 지랄을 하냔 말야 응?"

여자는 고개를 숙이고, 닦기만 했다. 소리를 지르는 아저씨의 말이 여자의 귀에 닿지 않았다.

"미안하다고 하면 다야? 어? 어떻게 할 거야? 이 노릇을 어떻게 할 거냐고."

남자가 내지르는 소리를 고스란히 받아 들으며, 여자는 손을 멈추지 않았다. 여자는 한 가지만 생각했다. 내가 잘못한 것이다. 그러므로 욕을 듣는 것은 당연하다. 커피를 쏟았으니 닦는 것도 당연하다. 그것이 바닥이든, 아저씨의 허벅지든, 발가락이든 상관없었다. 정작 여자가 신경 쓰이는 건 왼손이었다. 이번에도 여자는 커피를 잡으려고 하다 컵을 놓쳤다. 손에 힘이 들어가지 않았다. 그러고 보니 얼마 전부터 키보드를 사용할 때 왼쪽 팔이 이상하게 묵직하고 저리는 기분이었다. 왼쪽 손가락에 쥐가 나서 감각 없이 글을 쓸 때도 있었다. 손가락이 바늘로 찌르는 것처럼 짜릿짜릿했지만, 글쓰기를 멈추지 않았다. 여자가 병원을 찾아간 건 농협에서 커피를 쏟은 다음 날이었다.

여자의 증상을 차트에 적던 의사가 고개를 들어 여자를 쳐다봤다.

"일단 X-ray를 먼저 찍고 오시죠."

젊고 키가 큰 남자 간호사가 여자의 이름을 불렀다. 여자는 차갑고 딱딱한 침대에 바로 누웠다.

"돌아누우세요. 팔을 들어 보세요. 움직이지 마세요. 숨을 들이마시고 참으세요. 숨을 내쉬세요. 끝났습니다."

여자가 옷을 갈아입고 진료실에 들어갔다.

"목 디스크입니다. 꾸준히 물리치료를 받으세요."

여자는 정형외과에서 세 시간 동안 있었고, 돌아오는 길에 편의점에서 아이스아메리카노를 사서 마셨으며, 집 근처에 왔을 때, 팔에 쥐가 났고, 플라스틱 컵이 떨어졌다. 얼음이 길바닥에 쏟아졌다. 그날 이후로 여자는 글을 쓰지 못했다. 그리고 무시무시한 불면증이 찾아왔다.

\*

4번째 알람이 끝났다. 여자가 의자에서 일어나 기지개를 켰다. 냉장고에서 꺼낸 생수병을 들고, 책상 앞에 앉았다. 5시 58분이었다. 여자가 헛기침을 했다.

"지민님, 좋은 아침이에요. 일어날 시간입니다."
 여자는 6시 고객인 이지민의 이름을 부르면서 목소리에 힘이 들어갔다. 떨림을 숨기려니 어쩔 수 없이 그렇게 됐다. 이상한 일이었다. 똑같이 한 달에 3만 원을 내면 아침에 깨워주는 고객일 뿐인데, 이 사람은 느낌이 달랐다. 모닝콜을 받으면 대부분의 사람들은 기다렸다는 듯이, 반사적으로 일어나려고 한다. 일어날 생각이었다는 듯이 힘차게 대답한다. 혹은 통화하는 동안 정신을 차리려는 노력이라도 한다. 목소리를 통해서도 그런 게 느껴졌다.
 남자는 마지못해 전화를 받는 것 같았다. 남자의 목소리는 금방 깬 사람처럼 나른하지 않았다. 무겁고, 무심했다. 마치 일어나는 것에 관심이 없다는 듯, 지금 일어나긴 하지만 이것은 순전히 너 때문이지 나의 의지가 아니라는 듯 남자의 대답은 무성의했다. 여자는 그것이 마음에 걸렸다. 목소리는 부드럽게, 말투는 짧게, 감정은 섞지 않는다. 모닝콜 아르바이트에 나와 있는 메뉴얼이다. 여자는 언제부턴가 이지민 고객에게만 규칙을 조금씩 어기고 있었다.

"오늘은 비가 온 대요. 우산 챙기세요."

또는

"밤새 잘 주무셨어요?"

말을 하고 대답을 기다렸다. 여자에게 주어진 시간은 십분 남짓이었다. 여자는 귀에서 핸드폰을 떼지 않았다. 다른 고객에게 모닝콜을 할 때는 스피커를 켜놓고, 책을 읽거나 글을 쓸 때도 있었다. 하지만, 6시에서 10분까지 여자의 온 신경은 핸드폰 너머에 있었다. 눈에 보이지 않는 그러나 그 순간만큼은 이어져 있는 것이 확실한 남자의 목소리를 기다렸다.

"고마워요."

그게 전부였다.

\*

의사는 여자에게 당분간 팔을 쓰지 말고 치료에 전념하라고 했다. 처방전에는 쓰여 있지 않은 말이었다. 여자의 말을 들은 여자의 엄마는 서둘러 여자의 혼처를 알아보기 시작했다. 더

늦기 전에 아니 더 고장나기 전에 조금이라도 젊을 때 시집을 보내야 한다는 것이다. 여자는 그 또한 일일드라마의 단골 대사임을 떠올리며 드라마가 엄마에게 미치는 영향에 대해 생각했다. 그러나 서른이 넘은 백수인 여자와 선뜻 만나겠다는 남자는 나타나지 않았고, 여자의 엄마는 시간만 나면 하얀 천을 머리에 두르고 누워서 앓는 소리를 했다. 여자는 어디서 그런 것을 구했는지 궁금했지만, 물어보지 않았다.

여자의 팔은 수시로 저렸다. 팔에 열이 나는 것 같았다. 한 번은 저린 팔로 글을 쓴 적이 있었다. 누가 이기나 보자는 심보였다. A4 한 장을 채우지 못하고 여자는 뒤로 물러섰다. 몸이 글쓰기를 거부하는 느낌이었다. 여자는 막막했다. 글만 쓰며 살고 싶었는데. 글을 쓸 수 없다니. 여자는 똑바로 몸을 관리하지 못한 자신에게 화가 났다. 무라카미 하루키는 글을 쓰기 위해 매일 달린다고 했다. '달리기를 말할 때 내가 하고 싶은 이야기'를 읽으며 밑줄까지 그었는데, 여자는 자신의 건강을 과신했다. 남의 이야기라고 생각했다. 아름답고 신비로웠던 여자의 밤이 언제부턴가 후회와 자책으로 얼룩지기 시작했다. 글을 쓰며 보내는 밤이 시간 가는 줄 몰랐다면, 글을 쓰지 않고 보내는 밤은 눈앞에서 흘러가는 시간이 보였다. 지루

하고 의미 없고 불안하고 막막한 밤이 묵직하게 여자를 누르고 있었다.

  그날도 뜬눈으로 새벽을 맞은 여자가 침대에 누운 채 SNS를 기웃거리고 있었다. 의미없이 스크롤을 내리던 중, 모닝콜 아르바이트를 구한다는 문구가 보였다. 호기심에 글을 읽어 내려간 여자는 깊이 고민하지 않고, 바로 신청하기를 눌렀다. 의미 없이 아침을 맞느니, 돈이라도 버는 게 나을 것 같았다. 회사에서 보내준 회원 정보를 살피며, 여자는 새벽에 일어나야 하는데 일어나지 못하는 사람이 많다는 것을 알았다. 잠을 자지 않는 여자에게 새벽은 낯익은 시간이지만, 누군가에게는 간절히 원하는 시간이었다. 세상에는 잠 못 드는 사람만큼이나 잠에서 깨지 못하는 사람들이 있었다.

  남자의 이름은 이지민이었다. 남자는 월요일부터 금요일까지 주 5회, 새벽 6시에 모닝콜을 신청했다. 대부분의 고객들은 모닝콜을 시작한 지 석 달이나 6개월쯤 되면 그만둔다. 그만두는 이유는 다양하지만, 비슷했다. 습관이 잡혔다는 사람도 있었고, 소용이 없다는 사람도 있었다. 재미있는 건 그만두는 사람들만큼이나 새로운 고객들이 생긴다는 것이다. SNS에서 말하는 성공한 사람들의 요건에 새벽이라는 단어가 꼭 들어간다. 성공한 사람은 새벽에 일어나 독서하는 사람이라는 말에 '좋아요'가 달린다. 성공하려면 일찍 일어나야 한다. 당신이 지금 실패자처럼 사는 것은 늦잠을 자기 때문이다. 일찍 일어나서 운동하고 책을 읽어라. 5분 동안 명상을 하는 것도 좋다. 떠오르는 해의 기운을 받으며 하루를 시작하라. 성공이 당신의 눈앞에서 미소를 짓고 있다. 성공을 위해, 환경을 바꾸기 위해 타인이 말하는 대로 루틴을 잡은 사람들은 일어나는 것도 누군가에 의존했다. 여자가 속한 모닝콜 회사 역시 그들의 심리를 이용하여 돈을 벌고 있다.

 이지민은 여자가 모닝콜 아르바이트를 시작하면서 만난 첫 고객이었고, 1년이 넘는 시간 동안 그만두지 않은 유일한 고객이었다. 처음에는 아무 느낌이 없었다. 그저 여자가 관리하는 회원들 중의 한 명이었다. 간혹 호들갑을 떨거나 맞장구를 쳐주길 바라는 사람들이 있었다. 잠을 깬다는 핑계로 사적인 대화를 시도하는 사람을 만나 곤혹스러운 적도 있었다. 새벽에 일어나야 함에도 불구하고, 일어나지 못하는 이런저런 사정을 늘어놓으며 공감을 요구하는 고객에게 어쭙잖은 충고를 했다가 혼이 난 적도 있었다. 일어나지 못하는 사람들이 궁금해서 시작했지만, 여자는 일어나지 못하는 사람들을 통해, 일어나는 사람들의 이야기를 쓰고 싶었다. 이지민은 이상한 고객이었다. 여자가 하는 말을 듣기만 하다 전화를 끊었다. 여자는 지민이 일어났는지 다시 잠들었는지 궁금했다. 지민이 아침밥을 먹는 사람인지, 아니면 빈 속에 커피를 들이붓는 사람인지, 커피를 좋아한다면 신맛을 좋아하는지, 고소한 맛을 좋아하는지 알고 싶어졌다. 지민은 말을 걸고 싶은 사람이었다. 다른 사람들과는 다르게 그는 '기다리고 있다'는 기분을 주는 사람이었다. 여자의 말에, 목소리에 조심스럽게 귀를 기울이는 사람이었다. 남자가 무겁고 느리게 답하는 한 마디에서 여자는 그것을 느꼈다. 그래서일까? 여자는 남자에게만은 정해진 메뉴얼대로 하지 않았다. 하루에 한 문장씩 마음을 담아 말을 건넸다. 그의 잠을 깨우는 모닝콜이 아니라 그의 정신을 깨우는 말을 하고 싶다는 욕심이 생겼다.

"오늘은 바람이 좀 차네요."

"밤새 비가 왔어요. 창문을 열어 보세요."

"괜찮지 않아도 괜찮아요. 그냥 듣고 계셔도 돼요."

그는 언제나 한참 후에 "고마워요"라고 말하고 전화를 끊었다. 여자는 방금 했던 말들을 되뇌였다. 남자가 창문을 열까? 여자의 말을 듣고, 겉옷을 챙겨 입고 나갈까? 모닝콜을 신청한 사람들은 일어나야 하는 사람들이다. 아침에 할 일이 있는 사람들이다. 그렇다면 남자도 일어나 어딘가로 가는 사람일 것이다. 남자는 뭘 하는 사람일까? 목소리는 젊은 것 같은데, 왜 그렇게 오래 산 사람처럼 대답할까? 아침밥은 먹고 나갈까? 통화목록을 적은 종이 위에 무의식적으로 남자의 이름을 써 내려가던 여자가 시간을 확인했다. 다른 사람을 깨울 시간이다.

\*

  여자네 집은 동네에서 하나밖에 없는 중국집이었다. 방에 있으면, 누군가 여자의 이름을 불렀다. 손님이 없는 날에는 놀기 좋아하는 아버지가 친구들을 불러놓고 탕수육을 먹으며 화투패를 돌렸다. 아버지가 큰 소리로 여자의 이름을 부르며 "커피 5잔."하고 외치는 소리가 듣기 싫었다. 하지만 대답하지 않으면 아버지가 문을 벌컥 열고 들어올 게 뻔했다. 아버지는 양파 냄새, 춘장 냄새, 기름 냄새를 담배 냄새로 뭉쳐서 다녔다.

멀리서도 아버지의 냄새가 났다. 큰 길가에 있는 중국집 문 앞에서 아버지는 쪼그리고 앉아 담배를 피웠다. 언젠가 아버지에게 유니폼을 빨아서 입으라고 말한 적이 있었다. 아버지는 주방에만 있는데, 누가 본다고 그러냐고 성을 냈다. 음식 장사 하는 사람이 위생적이지 못하다는 말이 여기저기서 들려왔다. 하지만, 아버지에게 그 말이 닿지는 않았다. 아버지가 알면 말한 사람을 찾는다며 동네를 시끄럽게 만들 것이 뻔했다. 동네에 하나밖에 없다는 이유로 점심시간에는 앉을 자리가 없었지만, '대동반점'이라는 그럴듯한 중식당이 들어오자 손님이 급격히 떨어졌다. 아버지는 줄담배를 피우며 도무지 원인을 모르겠다고 어머니에게 하소연을 했다. 중국집 배달원에서 시작한 아버지에게 빨간 문의 중국집은 성공의 상징이었다. 아버지는 당장 한 끼를 해결하는 것을 최우선으로 하고 살았다. 여자가 책을 읽고 있으면, 아버지는 쓸데없는 짓 하지 말고, 돈 되는 걸 생각하라고 말하곤 했다. 돈이 있어야 밥을 먹는데, 책은 돈을 불러오기는커녕 돈이 빠져나가는 밑 빠진 독이라는 게 아버지의 지론이었다. 여자는 한강 작가가 노벨문학상을 탄 것보다 작가의 아버지가 소설가여서 책을 실컷 읽을 수 있었다는 것이 부러웠다. 어떤 사람에게는 당장 먹고 사는 것이 전부일 수는 있지만, 그것이 하필이면 내 부모라는 것이 여자는 불만이었다.

　반면 여자의 어머니는 땅에 발을 붙이지 못하고 사는 외동딸이 근심거리였다. 다 큰 처녀가 방에 틀어박혀 글 쓰는 것이 하나도 반갑지 않았다. 여자의 어머니는 여자가 다른 집의 평범한 딸들처럼 제때 시집가서 아들, 딸 낳고 살기를 바랐다. 작가가 뭔지는 몰라도 힘들고 복잡한 것만은 분명하다고 어머니는 생각했다. 뜬구름 잡느라 허송세월을 보내는 게 아닌가 싶었던 어머니는 나중에 딸이 먹고 살 거라도 있어야 한다며 아버지를 설득했다. 중국집 간판을 내리고, 떡볶이와 김밥을 팔기 시작했다. 어머니도 여자를 부르기는 마찬가지였다. 집중해서 소설을 써 내려갈 때마다 여자의 이름을 크게 불렀다. 여자는 높은 선반에 있는 고추장을 꺼내거나 마른 다시마를 찾아서 어머니에게 주었다. 떡볶이집은 중국집보다 손님이 많지 않았다. 아버지는 그깟 김밥 팔아서 얼마를 버냐며 코웃음을 쳤다. 아버지는 돈통에서 꺼낸 돈으로 화투를 쳤다. 어머니는 어깨가 아파 죽겠다고 하면서도 김밥을 말고, 떡볶이를 팔았다. 여자는 어머니가 일을 놓지 않는 것이 꼭 자기 때문인 것 같아 마음이 불편했다. 하지만 딱히 방법이 없었다. 그저 글을 쓸 뿐이었다. 소설을 써서 먹고 산다는 것은 어머니의 말마따나 철없는 생각일지도 모른다. 하지만, 여자는 그렇게 하고 싶었다. 할 자신도 있었다. 모두가 잠든 시간 여자의 하루는 그제야 시작된다. 책상 위에 작은 조명이 켜진다. 커피는 차갑고, 창밖은 조용하다. 여자의 이름을 부르는 사람도 없었다. 밤은 여자와 상관없는 소리들로 가득 차 있었다. 책장을 넘기는 소리, 연필이 사각거리며 글을 써가는 소리, 키보드의 타닥타닥 소리만이 여자가 깨어 있음을 알려준다. 여자는 잠이 오지 않음에 감사하며 글을 썼다. 어느 날, 갑자기 여자의 밤에서 쓰기가 사라졌다. 밤이 고통으로 다가왔다.

*

사람들은 대개 전화 너머로 졸린 목소리를 낸다.
"네...... 일어났어요."
"아...... 네. 감사합니다."
혹은 아예 받지 않는다.
그는 달랐다. 그는 늘 침묵으로 전화를 받았다. 그리도 아주

간혹 짧고 굵게 대답했다.

"..고마워요."

"...오늘도요."

"...내일도요."

소설을 쓰기 시작하면서 여자는 사람에 관심을 잃었다. 소설 속의 인물들에 파묻혀 사느라 정작 걸어 다니는 사람과 만날 시간이 없었다. 여자의 친구와 연인은 모두 종이 안에 살고 있었다. 언제든 책을 펼치면 만날 수 있는 소설 속의 인물들은 여자를 괴롭히거나 슬프게 하지 않았다. 그것이 좋아서 책을 읽었지만, 가끔 여자는 사람이 그리웠다. 밤에 특히 그랬다. 사람의 목소리를 듣고 싶고, 누군가 불러주는 이름에 대답하고 싶었다. 이대로 밤의 기운에 눌려 말없이 사라지고 싶지 않았다.

여자는 모닝콜이라는 아르바이트를 통해 사람들을 깨우지만, 동시에 여자가 듣고 싶은 말을 듣고 있었다. 깨어나지 못하는, 하지만 누구보다 깨어나고 싶은 남자의 이야기. 여자는 지민을 상상하며, 지민의 이야기를 소설로 만들고 있었다. 언젠가 글로 그려낼 지민을 머릿속에서 만들어내고 있었다. 그러던 어느 날,

"왜 그렇게 일어나기 힘드세요?"

라고 지민에게 물었다. 그리고 바로 후회했다. 모닝콜 알바를 하면서 절대 하지 말아야 할 개인적인 질문을 한 것이다. 남자는 아무 말도 하지 않았다. 전화를 끊고, 왜 그랬는지 스스로에게 아무리 물어도 답을 찾지 못했다. 여자는 얼굴이 빨개진 채 하루를 보냈다. 여자의 걱정과는 달리 회사에서는 아무 말도 없었다. 다음 날에도 여자는 6시에 남자에게 전화를 걸었다.

"지민님, 좋은 아침입니다."

"... 잠이 많아서요."

어제의 답이 오늘 돌아왔다. 여자는 피식 웃음이 났다. 그가 웃었는지는 모르겠다. 말이 나오지 않는 핸드폰은 조용하다. 여자가 가만히 귀를 기울이며 남자의 말을 기다렸다. 남자와 나누는 대화에는 늘 '끊김'이 있었다. 여자는 그 끊김에 마음이 가고 있었다.

\*

"남자는 아침에 일찍 일어나야 돼. 그래야 제대로 된 인간으로 살 자격이 있는 거야."

지민은 평생 이 말을 들으며 살았다. 초등학교 때 학교에 가기 싫어서 이불을 뒤집어 쓸 때도, 일요일은 늦게 일어나도 된다고 말할 때도, 고등학교 때 밤새워 시험공부를 하고 난 후, 일어나지 못할 때도, 심지어 알람이 울리지 않아서 대학입학시험에 늦을 뻔할 때도 아버지는 남자의 등 뒤에 대고 똑같은 말을 했다. 아버지는 언제나 새벽 5시에 일어나 거실에 환하게 불을 켜고 맨손체조를 했다. 아버지의 구령 소리는 마치 아직도 일어나지 못한 남자를 조롱하는 것 같았다. 남자는 아버지가 소리를 높일수록 이불을 잡아당겼다. 늦잠은 게으름이고, 게으름은 실패의 조짐이라는 것이 아버지의 철학이었다. 그날도 그랬다.

"몇 시야 지금?"

아버지의 목소리에 눈을 떴을 때, 시계는 6시 40분을 가리키고 있었다. 학교 가는 데 아무 지장이 없는 시간이었다. 하지만 아버지에게 그것은 '망가진 생활 습관'이자 '버릇 없는 태도'였다. 노크도 없이 방에 들어온 아버지가 창문을 활짝 열고 이불을 걷었다. 남자는 무방비상태로 몸을 말았다. 겨울 아침 찬 공기가 방 안을 휘감았다.

"넌 그렇게 평생 누워서 살 거냐?"

남자는 아무 말도 하지 않았다. 남자가 하는 모든 말은 아버지에게 변명이고, 자기합리화였다. 아버지는 새벽에 일어나지 못하는 남자를 실패자라고 낙인찍었다. 남자가 하는 말과 행동이 모두 마음에 들지 않았다. 그날 이후로 남자는 새벽이 더 싫어졌다. 정확히는 '누군가의 강요로 인해 강제로 열리는 아침'이 싫었다. 잠은 늘 무거웠다. 자는 것도 아니고, 깨는 것도 아니었다. 어딘가 끼어 있는 듯한 시간 속에서 남자는 헤매고 있었다. 점심을 먹고 난 후, 회사에서 커피를 마시고 있을 때 누군가 웃으며 남자에게

"서른 다 된 남자가 엄마네 집에 아직도 살고 있으면 연애는 언제 하나?"

물었다. 남자보다 직급이 높은 사십 대 후반의 상사였다.

"요즘 애들은 연애를 안 한다며? 참 문제야 문제. 우리 때는 돈 없어도 여자는 잘 만났는데 말야."

상사는 주변의 시선따위는 상관없다는 듯이 큰소리로 남자의 반응을 유도했다. 남자는 대답하지 않았다. 남자의 시선이 상사의 튀어나온 배에 머물렀다. 남자는 직장 내에서 말이 없는 사람이었고, 사회성 부족한 MZ세대였다. 남자는 그것이 아버지의 말처럼 아침에 일찍 못 일어나는 것과 연관이 있는

건지 궁금했다. 아버지는 남자가 집에 있는 것을 못 견뎌했다. 남자라면 자기 밥벌이를 해야 한다고 말하며, 남자의 일자리를 알아봤다. 남자라면 자신의 앞가림을 해야 한다고 하면서도 아버지의 역할에 충실한 자신에게 만족했다. 아버지의 말은 대상에 따라 자주 바뀌었다. 아버지가 지인과 아는 사람들을 통해 소개해준 곳에서 남자는 일 년을 버티지 못했다. 잦은 지각이 원인이었다. 지각은 불성실의 상징이었다. 남자는 맡은 일에 최선을 다했고, 자기 몫을 다해냈지만, 그런 것들은 중요하지 않았다. 남자와 함께 일을 했던 사람들은 남자를 아침에 일어나는 것이 힘든 사람이라고 기억했다. 남자는 굳이 일해야 할 필요성을 느끼지 못했지만, 집에 있으면 퇴직한 아버지와 점심을 먹어야 했다. 그건 아침마다 듣는 아버지의 구령 소리만큼이나 피하고 싶은 상황이었다. 동네 주민센터에서 아르바이트를 시작했다. 남자는 8시 출근이라는 채용조건을 보고, 고심 끝에 모닝콜 서비스를 신청했다.

*

점심시간이 지난 오후 두 시, 사람들의 방문이 뜸해지는 시간대였다. 남자는 커피를 마시며, 서류를 정리하고 있었다. 그때, 번호표의 알람이 울렸다. 남자가 고개를 들었다. 흰 티셔츠 위에 체크 남방을 입은 여자가 남자를 쳐다보며 말했다.

"전입 신고하려고요."

"앉으세요."

남자가 무심하게 말했다.

"안 그래도 앉으려고 했어요. 저 좀 오래 걸릴 수도 있어요. 이것저것 물어볼 거라."

남자가 눈을 들어 여자를 보자 여자가 웃었다. 남자가 황급히 눈을 피했다. 서류를 한 장씩 넘기며 사인하던 여자는 갑자기 생각났다는 듯이

"이 동네는 처음인데요. 근처에 조깅할 만한 곳이 있을까요?"

조깅을 해 본 적이 없는 남자는 당황했다.

"제가 아침형 인간이거든요. 새벽에 달리고 출근하는데, 달리기 좋은 장소 아세요?"

"아뇨. 저는 잘 모르는데요."

"아, 그렇구나. 젊은 분이라 알지도 모른다고 생각했어요."

더 이상 들을 말이 없었던 여자는 이내 핸드폰에 집중했다. 자기 계발에 진심인 사람들에게는 새벽이라는 공통점이 있었

다. 남자는 그들이 올린 스토리와 게시물에 하트를 눌렀지만, 공감보다 의무감같은 거였다. 하트를 누르고, 그들의 일상을 본다. 읽은 책과 쓴 글을 읽고, 새벽 달리기의 영상을 본다. 그걸로 끝이었다. 남자는 조깅으로 아침을 시작하는 여자에게 알 수 없는 친밀함을 느꼈다. 모닝콜을 해 주는 그녀도 업무가 끝나면 달리기를 하러 나갈까? 새벽마다 다른 사람의 아침을 깨워주는 그녀는 언제 잠을 잘까? 그녀가 건네는 짧은 말에는 많은 의미가 들어 있었다. 그녀는 말 안에 자신의 마음을 숨기는데 능했다. 남자는 그녀와의 전화가 끝나면, 한동안 대화를 되새기며 의미를 찾으려고 애썼다. 그녀는 하고 싶은 말을 해야 하는 사람일 것이다. 말하는 사람에게 필요한 것은 들어주는 사람이다. 남자가 누군가에 의해 깨어나길 간절히 원하는 것만큼이나 모닝콜 여자는 자신의 이야기를 들려주고 싶은 건지도 모른다. 그제야 남자는 아침마다 여자가 던지는 문장의 의미를 알아차렸다. 여자는 남자에게 신호를 주고 있었다.
"내 말을 들어 줘."

 아침 6시. 어김없이 전화벨이 울렸다. 남자는 여자의 목소리가 밝으면서도 어둡다고 느꼈다. 마치 오랫동안 터널 안에서 헤매는 사람처럼 억지로 힘을 내는 것 같았다. 끝이 없을 것 같은 길을 걸으며 끝을 믿는 사람처럼 말했다.

"지민씨, 오늘은 하늘이 맑을 거래요. 하늘 보는 거 좋아하세요?"

지민은 어떻게 답을 해야 할지 몰라서 아무 말도 하지 않았다. 여자도 더 이상 묻지 않았고, 대화는 이어지지 않았다. 틀에 박힌 인사를 하고, 모닝콜이 끝났다. 그날 지민은 오랜만에 고개를 들어 하늘을 봤다. 파란 하늘, 하얀 구름, 멀리 있는 해, 예전부터 알고 있던 하늘의 모습 그대로였다. 그런데 내가 하늘을 좋아했나? .

"지민씨는 커피 좋아하세요? 저는 요즘 카페인을 줄이고 있어요. 대신 따뜻한 히비스커스차를 마셔요. 심신 안정에 좋대요."

여자는 지민의 답을 고르는 사이 다른 질문을 던졌다. 대답을 기다릴 시간이 없는 건지, 답이 중요하지 않은 건지 가늠할 수 없었다. 지민의 역할이 들어주는 사람이라면 기꺼이 여자의 말을 들을 용의가 있었다. 여자에게 무슨 일이 있어서 심신 안정이 필요한지 궁금했다. 남자는 누군가에게 질문을 받아본 기억이 별로 없었다. 남자를 아는 사람들은 남자를 궁금해하지 않았다. 사람들은 남자가 자신의 말을 따를 것인지 아닌지가 중요했다. 내가 하는 말은 다 맞는 말이니 군말없이 따르라. 만일 말대로 했는데, 잘못된 결과가 나온다면, 그것은 내가 아니라 너의 잘못이라고 몰아세웠다. 남자에게 말을 하는 사람들은 자신이 틀렸다는 것을 더 나가 틀릴 수 있다는 것을 용납하지 못했다. 사람들이 남자에게 하는 말은 지시였고, 요구였고, 비판이었다. 남자가 대답할 때까지 참지 못하고, 빨리 대답하라고 재촉하기 일쑤였다. 그럴수록 남자는 말을 하지 못했다. 대답을 못 하는 건 생각이 정리되지 않았기 때문이었다. 사람들은 그런 남자에게 답답하다고 했다. 여자는 달랐다. 여자는 대답하지 않아도 괜찮은 질문을 했다. 무언가를 기대하지 않는 말들을 건넸다. 자신의 일상을 들려주는 것으로 관계를 만들고 있었다. 그건 남자에게 낯설고도 따뜻한 일이었다. 남자는 언제부턴가 알림 벨이 울리기 전에 먼저 잠에서 깨어 핸드폰을 바라보기 시작했다.

\*

새벽 6시 전화벨이 울린다. 남자는 손끝으로 끌어 넘기듯 통화 버튼을 눌렀다. 핸드폰을 베개 옆에 두고 누운 채 듣는다.

"지민씨, 안녕하세요?"

그녀의 목소리는 늘 이 시간에 연결된다. 크지도 작지도 않게 막 눈을 뜬 세상과 잘 어울리는 톤으로 말을 건다. 남자는 눈을 감은 채 천천히 숨을 쉬었다.

'잘 자진 못했어요. 근데 괜찮아요.'

여자는 남자의 대답을 듣지 못한 채 말을 이어갔다.

"오늘은 비가 온대요. 지민 씨는 비 오는 날 좋아해요?"

여자의 말이 끊겼다. 남자는 말을 기다리며 조용히 숨을 고르고 있을 여자를 떠올렸다. 그리고 아주 작은 목소리로 남자가 속삭인다.

"조금요."

남자의 목소리는 여자에게 닿지 않았다. 하지만 그 순간, 남자는 누군가에게 자신에 대해 말하기 시작했다. 여자는 아무것도 듣지 못했지만, 남자는 말하고 있었다. 마치 말을 처음 배우는 아이처럼 서툴고 어색하게 조금은 불안해하면서 말을 이어갔다. 솔직한 마음이 꾸밈없는 말로 나왔다. 아무도 없는 새벽, 여자는 들리지 않을 말을 매일같이 건넸고, 남자는 들리지 않을 대답을 조용히 들려주었다. 그것은 둘만의 짧고 비밀스런 만남이었다. 세상에 닿지 않는 방식으로 이어지는 단단한 마음의 리듬이었다. 남자는 여자가 묻는 질문에 답을 하는 동안, 자신에 대해 조금씩 알게 되었다. 새벽의 정적 속에서, 처음으로 누군가에게 자신을 들려주는 연습을 하고 있었다.

\*

 여자는 점점 그와의 아침을 기다리게 됐다. 밤을 새고 나면 눈이 빠질 것 같이 아프고, 입이 깔깔했다. 꼼꼼하게 세수를 하고, 양치질을 했다. 뜨거운 물을 부우면 빨갛게 우러나는 히비스커스차를 들고 책상에 앉으면 준비가 끝났다. 여자의 책상에는 이제 소설 대신 모닝콜 명단이 적인 종이가 있다. 여자는 고객들에게 전화하면서 지민이라는 이름을 쓰고 지우는 행동을 반복했다. 그에게 들려줄 음악을 고르고, 유명한 명언을 찾았다. 메뉴얼에 없는 것을 해도 되는지 확신이 없었지만, 여자는 상관하지 않기로 했다. 마음이 시키는 대로 해보자. 재밌잖아.
"이 음악 아세요? 요즘 유행하는 노래예요."
"제가 어제 책에서 읽었는데요. "

남자는 반응을 보일 때도 있었고, 아무 말 없이 끊을 때도 있었다. '그가 싫어하는 건 아닐까? 나를 이상하게 생각하면 어쩌지?'라는 생각은 하지 않기로 했다. 그는 침묵했지만, 거부당하는 기분은 들지 않았다. 침묵이 긍정이라면 우리는 대화를 하고 있었다. 언제부턴가 여자는 남자를 소설 속에 대입시켜 생각했다. 직접 남자를 만날 수 없는 여자는 남자를 소설 속에 끌고 들어왔다. 소설 속에서 남자는 비극의 남자주인공이었다. 날개가 꺾인 영웅이었고, 지나간 영광을 그리워하는 철 지난 연예인이었다. 여자의 왼쪽 팔은 여전히 글을 쓸 때마다 묵직했고, 키보드를 누르는 손가락은 쥐가 나서 바늘로 찌르는 것 같았다. 남자가 주인공인 소설은 여자의 머릿속에서만 존재했다. 지금은 그것만이 여자가 할 수 있는 유일한 일이었다.

  그러던 어느 날이었다. 여자가 잠이 들었다. 여자는 잠이 든다는 것을 상상할 수 없었기에 알람을 맞추는 일이 없었다. 그래서 여자는 새벽이 온 것도 모른 채 자고 있었다. 아르바이트를 시작한 후 처음 있는 일이었다. 깊은 잠, 꿈도 없는 잠을 자고 일어나니 아침 8시였다. 모닝콜을 하지 못했다. 전화를 확인했다. 부재중도 문자도 없었다. 남자는 일어났을까?

 그날, 여자는 아무 일도 하지 못했다. 커피도, 산책도, 독서도 하지 않고 침대에 누워 휴대폰을 꼭 쥔 채 눈만 깜빡거렸다. 밤이 지나고 아침이 오길 기다렸다.

 6시다. 여자는 남자에게 전화를 걸었다.

 신호음이 두 번 울리고, 짧은 기침 소리가 들렸다.

"오늘은 왔네요."

 여자는 온몸에 전기가 흐르는 것 같았다.

"미안했어요. 어제."

"괜찮아요."

 남자는 조용히 대답했고, 그 말 이후 다시 침묵했다. 여자가 조심스럽게 은밀한 비밀을 말하듯 속삭였다.

"사실은요. 저 어제…… 잠들었어요. "

"잘 됐네요."

 남자에게 불면증에 대해 말한 적이 있었나? 할 리가 없었다. 여자는 남자에게 개인적인 이야기를 해 본 적이 없다. 아닌가? 여자는 그동안 남자에게 했던 말들을 되짚어봤다. 그런데 남자는 왜 잘 됐다고 말하는 걸까? 여자는 생각했다. 혹시 남자도 새벽에 깨어 있는 자신을 생각하고 있었던 건 아니었을까?

여자는 그때 알았다.

남자도 나와 같구나. 어디선가, 누군가를 기다리며 자고 있었구나. 혹은 깨어서 기다리고 있었던 건지도 모른다.

다음 날부터 두 사람은 조금씩 일상의 말들을 건네기 시작했다. 주로 여자가 먼저 말을 꺼내면, 남자가 대답했다. 남자와의 말이 길어지면서, 모닝콜 아르바이트를 그만두었다. 남자와 새벽에 나누는 대화를 놓칠 수 없었다. 여자는 남자에게 궁금한 게 많았지만, 서두르지 않았다. 핸드폰으로 이어진 사이라는 건 누군가 전화를 받지 않으면 끊어진다. 여자는 앞으로 나가려는 자신을 뒤로 당기며 타일렀다. 급한 건 없었다. 새벽은 매일 찾아왔고, 남자는 여자의 말에 귀를 기울였으며, 여자에게는 남자에게 들려줄 이야기가 있었다.

"저는 밤에 잠을 못 자요. 자려고 누우면 생각들이 쳐들어와요."

"저는 아침에 일어나는 게 힘들어요."

"생각은 맘대로 몸집을 키워요. 제 머릿속에서 나갈 생각을 안 해요."

"아버지는 남자가 이렇게 허약해서 어디다 쓰냐고 해요. "

"우리 엄마는 늙은 여자는 쓸 데가 없다고 하는데."

"우리는 둘 다 쓸모가 없는 사람이네요."

"그런가? 아닌데요. 지민씨랑 얘기하고 나서 밤에 잠을 자요. 꿈도 꾸지 않고 깊은 잠을 자요."

"저도 현정씨 덕분에 아침에 일어나는 게 힘들지 않아요. 자기계발서를 많이 읽었어요. 왜 성공한 사람은 모두 새벽과 고전과 명상에 목을 매는지 아직도 모르겠어요."

"지민씨는 성공하고 싶으세요?"

"아니요, 그냥 이렇게 살고 싶어요."

그날 새벽에도 여자는 여느 때처럼 따뜻한 차를 들고, 책상에 앉았다. 커피를 마시고 싶었지만, 참았다. 밤새 두근대는 심장에 커피를 부어 넣으면 어떻게 될지 불안했다. 6시 정각, 핸드폰을 들었다. 남자는 아직 여자가 일을 그만두었다는 것을 모른다. 시간 엄수가 필수였다. 익숙한 번호가 뜨고 짧은 신호음이 울렸다.

"잘 잤어요?"

여자는 잠시 멈칫했다. 질문을 받은 건 처음이었다. 여자는 이내 무심한 척, 평온한 척 웃으며 대답했다.

"네. 덕분에요."

남자가 조용히 웃었다. 처음 듣는 웃음소리가 낯설지 않았다. 두 사람은 아무 말 없이 잠시 귀를 기울였다. 마치 서로가 내는 숨소리를 통해, 잘 있다고, 여전히 여기에 있다고 말하는 것 같았다.

"현정씨."

남자가 이름을 불렀다. 웃음소리에 이어 이름을 부르는 것도 처음이었다. 낮은 목소리로 그러나 분명하게 남자가 말을 걸었다.

"혹시…… 아침에 같이 걸을래요? 언젠가."

여자는 대답 대신 고개를 끄덕였다. 남자가 보지 못하는 대답이었다. 그날, 이상하게도 여자의 팔이 저리지 않았다. 여자는 지금까지 남자에 대해 머릿속으로만 썼던 소설들을 모니터에 옮겨 쓰기 시작했다. 여자가 쓸 소설은 아주 길고 달콤하고, 아름답고 가슴 떨린 사랑 이야기가 될 것이다. 두렵지도 불안하지도 않았다. 오랜만에 여자는 설레는 마음으로 키보드를 두들기기 시작했다.

[일어났어요? 괜찮아요. 이제 제가 당신을 깨울게요.]

# 완벽한 애도

행복의 문으로 들어간 사람은 슬픔의 문으로 나와야 하고
슬픔의 문으로 들어간 사람은 행복의 문으로 나온다.

- 발타자르 그라시안 -

8월 첫째 주 월요일 아침 7시에 초등학교 앞 사거리에서 교통사고가 났다. 작년에 녹색 신호등만 보며 동산을 내려오던 렌터카가 황색 불에 길을 건너던 오토바이를 쳤던 바로 그 곳이었다. 사고 후, 마을에서는 신호등 체계를 바꾸거나 현수막을 내걸어 경각심을 불러일으키자는 말이 돌았지만, 아무것도 달라진 것이 없었다. 죽은 사람이 윗동네 은숙의 엄마라는 말을 들은 진아 엄마는, 가슴이 철렁 내려앉았다. 두 사람은 같은 시기에 시집와서 동병상련을 겪으며 친자매보다 더 끈끈한 정을 이어가고 있었다. 그럼에도 불구하고, 진아 엄마는 은숙 엄마에게 빌려준 돈이 먼저 떠올랐다. 사람이 죽었는데, 돈 생각이 난 걸 숨기기라도 하려는 듯 진아 엄마는 서둘러 은숙이네 집으로 향했다. 구급차가 요란하게 싸이렌을 울리며 마을 안으로 난 도로를 지나갔다.

어떤 이는 평소보다 늦게 집을 나선 것이 다행이라며 가슴을 쓸어내렸다. 누구에게나 일어날 수 있는 불행이 나를 비켜 갔음에 감사하고 난 후에야 가까운 이의 죽음이 실감나게 다가왔다. 사람들은 저마다의 생각을 숨긴 채 서로를 쳐다보며 말을 아꼈다. 은숙이는 아직 오지 않았느냐는 말에 누군가 오는 중이라고 답했다. 시집간 딸이 유일한 상주이고, 장례식을 친정에서 치른다면 아무것도 모르는 은숙을 도와야 한다. 그것이 동네의 인정이었고, 사람 된 도리였다. 태풍이 오기 전에 마늘씨를 뿌려야 하는데 며칠 늦춰도 될까? 일할 인부들을 미리 맞춰놓은 사람들은 장례 일정에 민감하게 반응했다. 3일 장이 나야 일에 지장이 없을 텐데. 저마다 발등에 떨어진 불이 뜨거워 안절부절못하다 문득 어제까지 같이 일했던 은숙 엄마가 지금은 없다는 사실에 몸서리쳤다.

\*

차에서 내리자마자 남편을 기다리지 못하고 빠르게 걸어갔다. 뛰고 싶었지만, 배가 무거웠다. 입구에 서 있던 사람들이 길을 터주듯 양쪽으로 갈라섰다. 평소 같으면 인사를 주고받으며 말을 섞었을 것이다. 익숙한 얼굴들이 지켜보는 가운데 응급실로 갔다. 문 앞에는 큰이모가 있었다. 엄마를 꼭 닮은 크고 검은 눈동자를 보자 숨이 막혔다. 이모가 먼저 울음을 터뜨렸다. 토할 것 같았다. 손을 배 위에 올리고, 숨을 크게 쉬었다. 그때 문이 열렸고, 빠르게 하지만 주저하면서 문 안에 들어간 사람들이 휘청거리며 나왔다. 나는 문 안으로 들어가지 못했다. 들어가려는 것을 남편이 막았다.

"내가 갈게. 앉아 있어."

남편의 말은 짧고 무거웠다.

"세 번째까지 유산되면 희망이 없어. 알지? 배 속의 아이를 생각해서라도 마음을 단단히 먹어."

남편이 응급실에 오는 내내 했던 말이었다. 알고 있었지만, 섭섭했다. 엄마가 되기도 전에 엄마를 잃어버린 나는 뭘 어떻게 해야 할지 몰랐다. 의자에 앉아 두 손을 문지르는 동안 응급실에 갔다 나온 사람들이 수군거렸다. 교통사고치고는 얼굴이 멀쩡하다는 말이 들렸다. 가슴이 철렁했다. 거짓말같은 일들이 진짜 일어나고 있었다. 헐렁한 바지, 얇은 남방과 주머니가 많은 조끼를 입은 아빠는 쉴 새 없이 담배를 피웠다. 집에 와

보니, 마을 사람들은 주인 없는 집을 분주하게 오가며 뭔가를 하고 있었다. 안방에 병풍을 두르고, 상이 차려졌다. 어제까지 엄마가 텔레비전을 보며 잠들었던 곳이다. 영정사진에 쓸만한 사진을 찾아보라고 작은 아빠가 말했다. 핸드폰 사진 중에 제일 밝게 웃는 사진을 들고 사진관에 갔다. 28*35cm로 확대된 엄마의 얼굴이 웃는 듯 우는 것 같아 당황스러웠다. 그 말을 고모에게 했더니 고모는 슬쩍 보고 나서 괜찮다고 말했다. 어디가 괜찮은지 몰라 머뭇거리고 있었는데, 누군가 사진을 들고 가서 액자에 담았다. 또 누군가 그 액자를 상 위에 올려놓는 순간, 환하게 웃는 엄마의 얼굴 양쪽에 굵고 검은 줄이 그어졌다. 엄마가 갇혔다. 나올 수 없는 곳에.

여자들은 시간이 되면 안방에 들어가 곡을 했다. 마당에서 조문객들과 뭄국을 먹고 있던 고모와 부엌에서 국 간을 맞추고 있던 작은 어머니가 손을 닦으며 들어왔다. 앉자마자 아고, 아고. 소리를 내며 곡을 하기 시작했다. 몸을 쥐어짜며 곡소리를 내는 저 사람들은 방금까지 밥을 먹고, 커피를 마시며 조문객들과 말을 했다. 슬퍼해야 할 공간에서도 할 일이 있었고, 해야 할 일들이 존재한다는 것을 몰랐다. 몰랐기 때문에 받아들일 수 없었다. 엄마의 죽음 앞에서도 다른 사람들의 시선을 신경 써야 한다는 게 싫었다. 마음 같아서는 바닥에 엎드리며 뒹굴고 싶었다. "엄마, 엄마" 부르며 머리가 산발이 되도록 울부짖고 싶었다. 검은 정장을 입은 상조회사 사람이 옆으로 오더니 작은 소리로

"곡하세요."

라고 말했다. 소리는 입 안에서 맴돌았고, 눈물은 흐르지 않았다. 물속에 잠긴 것처럼 귀가 멍했다. 재촉하듯 날 쳐다보는 사람의 말이 들렸지만, 나는 아무 말도 듣지 않았다. 슬픔은 강요하는 것이 아니다. 억지로 짜낸다고 눈물이 나오지 않았다.

엄마의 영정사진은 결혼식 날 신부 대기실에서 찍은 것을 썼다. 엄마와 나란히 앉아 화장하고 있을 때 잠깐 짬이 났다. 곱게 화장한 엄마를 간직하고 싶어서 사진을 찍었는데, 그게 이렇게 쓰일 줄은 몰랐다. 사진을 보자 그때의 기억이 절로 따라왔다.

"우리 딸, 예쁘다."

"엄마도 예뻐."

"예쁘긴. 얼마 안 있으면 할머니 될 건데."

"할머니는 무슨?"

"왜? 결혼하자마자 아이부터 낳아야지. 나는 할머니 소리 들

어도 좋아요."

엄마는 결혼하자마자 할머니가 될 거라고 말했지만, 그건 마음대로 되는 일이 아니었다. 결혼하고, 10년 동안 아이가 없을 때 엄마는 속이 타들어갔다. 정작 당사자들은 포기했는데도 엄마는 끝까지 희망을 놓지 않았다. 그렇게 기다리던 손주였는데, 얼굴도 못 보고 급히 가버린 엄마가 원망스러웠다.

'엄마가 몸조리해 줘야 하는데. 아이 낳으면 엄마가 봐주기로 해 놓고 이게 뭐야? 엄마가 없으면 나는 어떡하라고.'

사진을 찍을 때는 밝고 환했던 엄마는 영정사진 안으로 들어가자 슬퍼 보였다. 금방이라도 눈물이 떨어질 것 같았다. 엄마의 눈을 피하느라 고개를 들지 못했다. 곡하는 것이 서툴러서 화가 났다. 잘 나온 사진으로 선택했는데, 슬픈 사진이었다. 그러거나 말거나 엄마는 말이 없었다.

곡을 하던 사람들은 끝나는 시간을 정확히 지켰다. 최선을 다한 자신에게 만족하며 방을 나갔다. 밥을 먹다, 대화하다, 앉아 있다가도 곡하는 시간이 되면, 영정사진 앞에서 울음을 터트렸다. 옆에 사람이 울면 더 크게 울었다. 울다 보니 곡이 나오는 건지 곡을 하다 보니 절로 눈물이 나오는 건지 가늠이 안 됐다. 보이지 않는 슬픔과 애도가 눈물로 보이고, 곡소리로 들렸다. 영정사진 속 웃는 엄마 앞에서 소리 내 울었다. 이모는 아고아고 서럽게 울었고, 나는 소리죽여 흐느꼈다. 고모는 짧고 굵게 한숨 쉬듯 울음을 토했고, 작은엄마는 가늘고 높은 소리로 곡을 했다. 4번의 곡이 끝나자 주변이 깜깜해졌다. 마당에 전깃불을 끌어다 놓고 불을 켰다. 사방은 컴컴한데, 우리 집만 환히 빛나는 게 엄마의 영정사진만 아니면 잔칫날과 진배없었다. 우는 사람이 있었고, 술을 마시고 소리를 지르는 사람이 있었다. 서러운 사람이 있었고, 말을 보태는 사람이, 사연을 만드는 사람들이 있었다. 나와 상관없는 일이라면 기가 막힐수록, 말이 되지 않을수록 좋았다. 엄마의 죽음이 누군가에게는 에피소드가 되었다. 뱃속에서 뜨거운 것이 올라왔다. 인사를 건네는 사람들에게 입꼬리를 올리며 대답할 때마다 입술이 바르르 떨렸다. 마지막 설거지를 마치고 집으로 돌아가는 삼촌들 손에 두루마리 화장지와 참기름과 세탁 세제와 맥심 커피믹스가 들려 있었다. 삼촌들은 오지 않은 딸과 며느리, 아들의 이름을 부르며 피치 못할 사정이 있음을 나열했다. 삼촌들이 원하는 건 하나였다. 이러저러하지만 마음은 그렇지 않으니 화장지와 참기름을 두 개씩 챙겨가는 것은 당연한 일이다. 네가 잘 모르겠지만 촌에서는 원래 그렇다. 만일 네가 그것을 거부

한다면 너는 어미의 죽음을 옹졸하게 치르는 속 좁은 딸이 된다. 굳이 입 밖으로 내지 않아도 소리가 들리는 것 같았다. 동네 삼촌들은 몸으로 눈짓으로 말했다. 모든 것이 한 편의 연극 같았다. 내가 맡은 역할은 갑작스런 엄마의 죽음에 어리둥절한 외동딸이었다. 당황스럽지만, 성실하게 장례를 치른다. 어른들이 시키는 대로, 삼촌들이 말하는 대로 행동하고, 부당한 말에도 대꾸하지 않고, 착하게 네.라고 대답하는 주인공이었다. 슬픔을 밖으로 내보이는 건 어른스럽지 못한 행동이다. 누구에게나 찾아오는 죽음이다. 받아들이고 순응하는 모습은 사람들에게 감동을 줄 것이다. 문상객들은 배를 내밀고 서 있는 내게 고생하라고 했고, 힘내라고 했다. 뭐가 고생이고, 뭘 힘내서 해야 할지 아무도 말해주지 않아서 아무 말도 하지 않았다.

\*

 다음 날 동네 사람들이 일찍 집으로 와서 짐을 챙겼다. 익숙한 몸짓으로 필요한 것들을 찾아 차에 실었다. 분주한 그들 속에서 나는 할 일이 없었다. 장의 버스가 왼쪽으로 크게 돌았다. 몸이 기우뚱거렸다. 돌들이 듬성듬성 있는 농로였다. 속도를 줄여도 버스 안이 출렁거렸다. 얼마 가지 않아 버스가 멈추고, 사람들이 우르르 내렸다. 사람들이 다 내리기를 기다렸다 마지막에 내렸다. 새벽에 집에서 육개장을 먹고, 담배와 수건을 나눠 받고 먼저 출발한 사람들이 땅을 파고 있었다. 아는 얼굴도 있었고, 낯선 사람도 보였다. 눈이 마주친 누군가에게 고개를 숙였다. 남자 몇이 쭈그리고 앉아 담배를 피우다 말고 담배꽁초를 멀리 던지며 일어났다. 큰이모는 천막 안에 앉아서 믹스커피를 마셨다. 여자 삼촌들 몇 명이 트럭 뒤에 있는 짐을 내리기 시작했다. 재빠르게 트럭 위에 올라간 삼촌 둘이 콘테나를 들고 아래로 내리면 밑에서 받아주길 반복했다. 상차림에 쓰일 음식이 가득 담긴 콘테나는 무거워 보였다. 사람들은 말을 아끼는 것 같았다. 입을 열면 깊은 한숨이 쏟아졌다. 손이 빠른 동네 삼촌이 앞장서서 음식들을 접시에 담기 시작했다. 큰이모는 비어 있는 종이컵을 오랫동안 잡고 있었다. 남자 어른들이 다 됐다고 하자 사람들이 몰려들었다. 엄마의 관이 내려갔다. 불쌍한 것이라는 말을 시작으로 큰이모가 다시 울기 시작했다. 믹스커피로 기운을 차린 큰이모는 목청이 좋았다. 큰이모의 곡소리가 끊이지 않고 이어졌다. 누군가 내게 손짓했다. 금방 파낸 흙을 삽으로 떴다. 흙은 짙은 붉은 색이었다.

흙을 던졌다. 관 위에 떨어지며 흙이 흩어졌다. 다리에 힘이 풀렸다. 눈물이 쏟아졌다. 기다렸다는 듯이 큰이모가 삽을 들더니 갑자기 몸부림을 치기 시작했다.

"나를 데려가라. 나도 같이 가자. 네가 없으면 나는 어떻게 사느냐. 불쌍한 것. 이렇게 갑자기 가면 어떡하냐. 불쌍해서 어떡하냐."

연극하듯 손과 발을 허공에 가르며 큰이모는 울부짖었다. 큰이모의 역할은 죽으면 안 되는 사람의 죽음을 안타까워하는 그러나 함께 죽을 수는 없는 산 사람이었다. 엄마가 있었으면 적당히 하라며 팔을 잡아끌었을 것이다. 뒤에서 사람들이 수군대는 소리가 들렸다. 큰이모는 오랫동안 울며 소리쳤다. 엄마의 마지막을 보지 못했다. 남편이 영안실에 들어가 시신을 확인했다. 교통사고로 돌아가셨지만, 얼굴이 놀랄 만큼 깨끗하다는 말만 들었다. 사람들은 내가 우는 것도, 엄마의 마지막을 보는 것도 절대 안 된다고 했다.

*

세 번의 유산 후, 습관성 유산 진단을 받았다. 2번째 시험관

시술이 실패로 끝났다. 포기하고, 돌아서려는 순간 거짓말처럼 아이가 찾아왔다. 배가 조금만 아파도 누웠다. 답답하거나 힘든 건 없었다. 누군가에게는 자연스럽고 쉬운 일도 어떤 이에게는 어렵고 소중할 수 있다. 나는 아이를 지키는 일에만 몰두했다. 온 정신을 태아에게 집중했다. 모든 것이 완벽하게 돌아가고 있었다. 과정이 어렵고 험하지만, 결론만 좋으면 괜찮았다. 임신은 살얼음 같던 결혼 생활을 단단하게 만들어 줄 확실한 매개체였다. 몸은 무거워지고, 숨 쉬는 것이 버거웠지만 그조차 좋았다. 다 좋았다. 참을 수 있었다. 없이 살았던 시절을 생각하면 호강에 겨운 불평이었다. 행복이라는 말을 입에 올린 것이 잘못이었을까? 엄마의 죽음이 마치 아이와 바꾼 것만 같았다. 둘 다 가질 수 없다는 것을 알면서도 분수에 맞지 않은 욕심을 부린 건 아니었을까? 간절히 원하는 것이 있다면 가장 소중한 것을 내줄 각오가 있어야 한다. 엄마가 가고, 아이가 온 것이 우연이 아닐지도 모른다. 그런 생각을 하면 속이 울렁거렸다.

 장례식이 끝나고 사람들이 손을 털며 인사를 했다. 작은이모와 외삼촌이 집을 치웠다. 아빠는 방에 들어가 누웠다. 고모가 따라 들어갔다. 남편은 막내 외삼촌과 마당에 있는 천막들을 걷었다. 나는 천천히 돌아다니며 구겨진 종이컵과 나무 젓가락같은 것들을 주웠다. 허리를 굽혔다 펼 때마다 배가 꿈틀거렸다. 손으로 허리를 짚고 천천히 걸어 다녔다. 큰이모가 아무것도 하지 말라며 손을 잡아끌었다. 큰이모는 나를 식탁에 앉히더니 헛기침을 했다. 어색했다. 왼손으로 관자놀이를 누르며 말을 기다렸다.

"사실, 엄마가 나한테 돈을 좀 빌렸어. 이런 말을 지금 하는 게 좀 미안하긴 한 데, 또 이런 건 미루면 안 되는 거잖아. 응?"

큰이모가 내 배를 보며 말했다. 큰이모의 쉰 목소리가 귀에 거슬렸다.

"얼마나?"

"오백."

"언제?"

"얼마 안 됐어. 마늘 팔면 갚는다고. 당장 인부 값이 없다고 해서 내가 이모부 몰래 줬는데. 그게 나도 효정이한테 빌린 거라. 아고. 망할 년. 그게 그렇게 갈 줄 누가 알았겠니."

큰이모가 다시 울기 시작했다. 소리 내지 않고 눈물만 화장지로 찍어냈다. 처지고 짓물러진 큰이모의 눈은 엄마를 닮았다.

엄마는 말하는 도중에 자주 눈물을 흘렸다. 하나도 안 괜찮으면서 언제나 괜찮다고 말했다. 눈물이 나오는 눈을 훔치며 우는 게 아니라고 했다. 엄마는 울고 있는 자신보다 우는 엄마를 걱정하는 나를 더 걱정했다.

"아빠한테 얘기해."

"너도 알다시피 니네 아빠 성격이 좀 그렇잖아. 그리고 이건 아빠도 모를 거야 아마. 그때 니네 엄마가 열흘이면 된다고 해서. 아고. 나도 정말 못 살겠다. 정말로."

큰이모는 몰랐다. 한 시간 전에 내가 똑같은 이야기를 들었다는 것을. 뭐든 처음일 때가 힘들다. 자꾸 하다 보면 익숙해지고, 계속 듣다 보면 무덤덤해진다. 큰이모는 장례식이 끝날 때까지 기다렸고 동네 삼촌들은 성질이 급했다.

손님들이 뜸한 오후였다. 조문객들을 상대하느라 진이 빠졌던 나는 잠깐 들어가 쉬라는 고모의 말에 안방으로 들어갔다. 멍하니 앉아 엄마의 사진을 보고 있는데, 진아 엄마와 철희 엄마가 방에 들어오더니 나를 사이에 두고 앉았다. 어렸을 때는 한 집처럼 오가며 지냈지만, 20살에 동네를 떠난 이후에는 엄마를 통해서 소식만 들었던 삼촌들이었다. 삼촌이라 부르지만 피 한 방울도 한 섞인 그야말로 이웃사촌들이었다. 삼촌들도 내 얘기는 엄마한테 들었을 것이다. 엄마는 거짓말은 하지 않았지만, 과장해서 말하는 버릇이 있었다. 삼촌들에게 나는 부잣집에 시집간 팔자 좋은 아이였다. 삼촌이 손을 내밀었다. 친한 것도 그렇다고 친하지 않은 것도 아닌 진아 엄마의 손을 잡아야 하나 어떡하나 고민이 됐다. 눈이 마주치면 눈물이 날 것 같았다.

"저기, 은숙아."

엄마가 시집와서 만난 동네 삼촌들이지만, 인생의 절반을 함께 보냈다. 같이 슬퍼하거나 위로라도 해주려고 들어왔나 싶었다. 아니면 부엌에서 일어나는 일들을 상주인 내게 의논하러 올 수도 있었다. 예감은 내가 전혀 상상할 수 없는 방향으로 흘러갔다. 잔뜩 뜸을 들인 말은 무거웠다.

"네가 알지 모르겠지만, 엄마가 이런저런 일로 빌려 간 돈들이 있는데. 뭐 자잘한 것들은 그렇다 쳐도. 어제 엄마가 인부 값으로 쓴다며 오백만 원을 빌려 갔어."

오백만 원이 여기서도 나왔다. 대꾸를 못 하는 게 믿지 못하는 거라 생각했는지, 삼촌은 찢어진 노트 한 장을 보여줬다. 두 줄을 오가며 쓴 문장에는 은숙이 엄마 오백 만 원. 23년 7월 18일이라고 쓰여 있었다. 철희 엄마는 써 놓은 것은 없지만, 일 년 전에 빌려준 돈이 있다고 했다. 거래명세서도 차용증도 없는 엄마와 삼촌들만의 거래였다. 삼촌은 이렇게 될 줄 누가 알았겠냐며 눈물을 찍었다. 이럴 줄 알았으면 돈을 빌려주지 않았을 거라는 말로 들렸다. 큰이모는 세 번째 채권자였다.

얼마 전에 엄마는 전화로 오백만 원만 빌려달라고 했다. 김 서방에게 말 좀 해 달라는 말에 그 전에 빌려 간 돈의 이자라도 한번 줬냐고 대꾸했다. 엄마는 이번이 마지막이라고 했다. 엄마의 마지막은 한 번도 마지막인 적이 없었다. 이번 일만 잘되면 빌린 돈을 다 갚겠다는 말에 제발 그렇게 좀 해 달라는 말을 하며 전화를 끊었다. 다른 때 보다 목소리를 높았던 건 임신해서 감정의 기복이 심했기 때문이다. 그랬을 것이다. 임신한 딸에게 전화해서 한다는 소리가 돈을 빌려달란 말밖에 하지 못하는 엄마가 안쓰러웠다. 안쓰러움이 짜증처럼 들렸을 것이고, 당장 돈이 급한 사람에게는 입에 발린 소리보다 돈이 더 반가울 것이다. 엄마와 마지막으로 주고받은 통화가 돈이야기로 끝났다는 걸 아무도 모른다. 오백만 원이 공중에서 떠다녔다. 죽기 직전의 엄마는 사람들에게 오백만 원을 빌렸다. 어렵게 말을 꺼내고, 씁쓸하게 전화를 끊는 엄마, 진아 엄마를 찾아간 엄마, 큰이모와 오래 통화하는 엄마, 나와 영상통화를 하며 희미하게 웃었던 엄마가 지나갔다. 나는 엄마에게 몇 번째였을까? 이모에게도 똑같이 마늘을 수확하고 갚을 테니 오백만 원만 빌려달라는 말을 했겠지. 큰이모는 어땠을까? 나처럼 돈이 없어서 속상했을까? 큰이모는 아파트 단지 안에 사는 갓난아이를 돌보며 용돈벌이를 하고 있었다. 효정이는 어땠을까? 큰이모가 그렇게 자랑했던 서울에서 잘 나가는 사촌 동생 효정이는 오백만 원이 통장에 있었을까? 누군가에게는 소소한 것들이 절실한 사람에게는 목숨을 살릴 지푸라기가 된다. 엄마의 지푸라기는 언제나 물에 가라앉았다. 엄마는 절실함과는 별도로 운이 없는 사람이었다.

  모든 불행은 세상이 내 생각대로 굴러간다고 느끼는 순간 시작된다. 엄마의 장례식을 치르면서 내가 사람들에게 느낀 건 이상한 배신감이었다. 엄마가 죽기 전에 마지막으로 통화했을 때였다. 초복이라 삼계탕을 먹자고 했더니 엄마는 지금은 너무 바쁘고 비료를 다 뿌리면 그때 먹자고 했다. 저녁 먹을 시간도 없냐고 투덜대는 내게 엄마는 다음에.라고 말하며 전화를 끊었다. 나는 돈을 빌려주지 않아서 엄마가 저녁을 안 먹었다고 생각했다. 마음이 무거웠다. 그날 엄마는 저녁까지 마늘밭에 닭똥비료를 뿌렸고, 다음 날 새벽 일을 마무리 하러 갔다 사고를 당했다. 엄마의 죽음에 놀란 사람들이 우리 집으로 달려왔다. 황망한 얼굴로, 저마다의 사연을 안고 온 사람들이 웅성거렸다. 그들에게 나는 임신한 상태로 엄마의 장례를 치르는 불쌍한 아이였을까? 엄마 대신 돈을 갚을 사람이었을까? 엄마와 친했던 사람들이 제일 먼저 엄마의 무덤에 흙을 뿌렸다. 엄마의 인생을 안타까워하며 울던 얼굴로 내 손을 잡았다. 산 사람은 살아야 한다는 말은 빨리 돈을 달라는 말로 들렸다. 위로에 목적이 있다는 걸 알아차린 후부터 들리는 말 하나하나가 의미심장하게 들렸다. 장례식이 끝나도 사람들은 돌아갈 생각을 하지 않았다. 예고 없는 죽음 앞에 사람들은 할 말을 잃고 아무 말이나 했다. 큰이모의 목소리가 들렸다. 큰이모의 입에서 나오는 엄마의 인생은 내가 아는 것보다 훨씬 극적이고 불행했다. 듣고 싶지 않았다. 사람들이 맞장구를 칠 때마다 소금을 뿌리고 싶었다. 우리 엄마는 그런 사람이 아니야. 당신들이 뭘 안다고 그런 말을 하는 거야? 하지만 아무 말도 하지 않았다. 엄마의 죽음과 오백만 원을 시소에 태우고 무게를 헤아렸다. 오백만 원이 내려갔다. 엄마에게 미안했다. 엄마의 죽음을 충분히 애도할 수 없음에 화가 났다. 엄마의 빚이 엄마를 잃은 슬픔을 누르고 몸집을 키워가고 있었다. 죽음은 면죄부가 아니었다. 슬픔과 부채는 별도였다. 믿었던 큰이모까지 나를 졸졸 따라다니자, 대책없이 떠난 엄마가 원망스러웠다.

 완벽한 애도는 완벽한 상황에서 나온다. 슬퍼할 새도 없이 빚쟁이처럼 몰려드는 사람들은 엄마가 살았을 때 가장 의지했던 지인들이었다. 모르는 사람이었으면 얼굴에 철판이라도 깔았을 것이다. 엄마를 잘 알고, 엄마를 통해 내 이야기를 들었던 사람들을 모질게 대할 수 없었다. 그것은 왠지 엄마를 욕보이는 것처럼 느껴졌다. 감당할 수도 없으면서 싫은 소리는 듣고 싶지 않았다. 엄마는 숨겨둔 돈도, 몰래 들어 놓은 보험증서도 없었다. 일하다 죽었고, 죽음과 동시에 여기저기서 부채들이 터져 나왔다. 지금이 아니면 받을 수 없는 것처럼 달려드는 사람들 속에서 나는 외롭고 슬펐다. 엄마의 죽음을 완벽하게 애도하기 위해서는 모든 것이 깔끔하게 정리되어 있어야 한다. 연극에는 대본이 있지만, 현실에서는 예상하지 못한 일들이 여기저기서 튀어나온다. 어렴풋이 알고 있었던 그러나 깊이 알려고 하지 않았던 엄마의 깊은 우물 앞에 사람들이 몰려

들었다. 엄마가 없는 곳에서 엄마의 속을 들여다보는 사람들 틈에 끼어 엄마의 우물을 들여다본다. 죽은 자에게 애도란 속절없이 자신의 모든 것을 내보이는 일이었다. 엄마의 치부를 보는 것이 부끄러워 나는 자주 고개를 돌렸다.

 늦은 오후가 되자 부엌에 있던 사람들이 분주해졌다. 장례식에서 먹다 남은 몸국과 돼지고기 수육을 데우고 있었다. 밥도 밑반찬도 넉넉하게 준비했다. 엄마가 죽어도 사람들은 배가 고팠다. 밥을 먹고 커피를 마시고 후식으로 과일도 챙겼다. 상에 올렸던 과일들은 크고 실했다. 사람들은 사과와 배를 깎아 먹으며 맛있다고 했다. 누군가의 우스갯소리에 큰이모가 웃었다. 눈물 자국이 남아 있는 얼굴로 눈물이 고여 있던 눈으로 웃었다. 배가 맛있어서 웃는 거겠지 하면서도 마음이 쓰였다. 도무지 방법이 생각나지 않았다. 배 속의 아이가 밥을 달라고 발길질을 했다. 남들은 입덧이 심해서 밥을 먹지 못한다고 하는데 나는 먹는 입덧을 했다. 배가 고프면 못 견뎠다. 수시로 입에 뭔가를 넣었다. 생각해보니 오늘 먹은 게 없었다. 물만 마셨다. 눈물로 다 빠져나갔을 것이다. 아이에게 미안했다. 내가 울 때마다 아이는 미동도 하지 않았다. 나는 생각해야 했다. 배

속의 아이를, 교통사고로 죽은 엄마를, 그리고 오백만 원을.

"사고 보상금은 얼마나 나온대요?"

"꽤 나오지 않을까?"

"거의 일방이죠?"

"그럼, 음주 운전에 신호 위반인데."

"그래도 은숙이 엄마가 트럭 뒤에 앉아 있어서 100% 일방은 안 될걸요."

"뭐가 걱정이야. 은숙이가 그렇게 잘 산다는데. 돈이 문제겠어."

가끔은 소곤대는 소리가 크게 말하는 것보다 더 잘 들릴 때가 있다. 사람들이 숨을 죽이며 말을 하면 덩달아 귀를 잔뜩 열었다. 듣고 싶지 않았지만 들리는 말들과 무슨 말을 하는지 궁금해서 듣게 되는 말들이 오갔다. 사람들은 엄마의 죽음과 돈과 우연과 허무함을 상자에 넣고 마구 흔들었다. 뭐가 나올지 몰랐지만, 뭐든 좋다는 생각으로 랜덤 박스안에 손을 넣었다. 하나씩 나오는 키워드를 앞에 두고 한참을 떠들어댔다. 말 말 말. 말들이 넘쳐났다.

장례식이 끝나고 엄마의 영정사진이 상에서 내려왔다. 침대 옆에 있던 제상을 치우고, 물건을 정리했다. 엄마의 가슴만큼 늘어진 브래지어와 면 팬티를 검정 비닐에 담았다. 입을 사람이 없는 옷들을 서랍에서 꺼냈다. 신발도 누추하긴 마찬가지였다. 뒤축이 닳고 앞코는 칠이 벗겨진 검은 구두를 보니 가슴이 아팠다. 좋은 신발은 주인을 멋진 곳으로 데려다준다는데, 이 신발을 신으면 저승길조차 험할 것 같았다. 제대로 된 옷 하나 없는 엄마의 옷장이 서러웠다. 슬펐다가 화가 났다가 안쓰러웠다. 빚을 냈으면 소라도 잡아먹지. 분에 넘치는 것을 입고 마시며, 제 마음만 챙기던 이기적인 사람이었으면 마음이 덜 아팠을까. 한 사람의 죽음 앞에 아귀처럼 달려드는 또 다른 사람들. 슬프고 황당하기는 하지만 살아야 하기에 어쩔 수 없다고 생각하는 사람들이 절을 한다.

큰이모는 여전히 집에 가지 않고 있었다. 어떻게든 마련할 테니 조금만 기다려달라는 말을 해야지 마음먹었다. 그때 전화가 왔다. 큰이모의 딸이자 서울에 사는 사촌 동생 효정이었다.
"언니."
목소리가 잠겨 있었다. 큰이모만큼이나 눈물이 많은 아이였다.
"미안해, 언니. 내려가 보지도 못하고. 내가 이모를 얼마나 좋아했는데, 너무 갑작스럽게 생긴 일이라 비행기표도 못 구하고, 또 아이도 백일밖에 안 돼서……."

"그래, 알지. 알아. 괜찮아. 효정아."

사람들은 나보다 먼저 울기로 작정한 것 같았다. 효정이의 목소리가 심하게 흔들렸다. 덕분에 마음이 차분히 가라앉았다.

"그런데 효정아. 미안한데. 오백만 원 있잖아. 내가 조금 늦게 줘도 될까? 지금은 돈이 없어서."

"네? 무슨 돈?"

"우리 엄마가 큰이모한테 빌린 돈 있잖아. 너한테 빌려서 준 거라던데."

훅. 하고 바람이 빠지는 소리가 들렸다. 한숨 소리 같기도 했다.

"내가 못 산다. 진짜. 언니. 우리 엄마 어떡하면 좋을까?"

대꾸하지 못했다. 엄마가 없는 마당에 효정이가 걱정하는 큰이모까지 생각할 여유가 없었다.

"언니. 돈 그거 아니야."

듣긴 들었는데, 무슨 말인지 모르겠다. 아니라는 말이 뭘까? 돈이 아니라는 걸까? 금액이 다르다는 걸까?

"엄마가 실은 치매야. 얼마 전에 검사했는데 진행이 꽤 됐대.

내가 내려가 봐야 하는데 상황이 그래서 남동생이 지금 돌보고 있어. 그런데 엄마가 자꾸 사람들한테 돈을 빌려줬다고 말을 하고 다니는 모양이야. 나도 진짜 미치겠어. 저번에는 글쎄 김서방이 자기한테 돈 천만 원을 줬다고 하는 거야. 그런데 알고 봤더니 십만 원이었던 거 있지. 내가 못 산다. 진짜."

 효정이가 울먹이며 하는 말은 알아듣기 힘들었지만, 딱 한소리는 정확하게 들었다. 큰이모는 돈을 빌려준 적이 없다. 큰이모는 오백만 원을 엄마에게 빌려주고 싶었지만, 돈이 없었다. 엄마와 통화하는 내내 이모는 효정이를 생각했을 것이다. 딸에게 돈을 빌려 동생에게 줄 생각만 했겠지. 엄마가 괜찮다고 말해도 이모는 괜찮지 않았다. 이모는 오백만 원이 아니라 오천만 원이라도 엄마에게 빌려줄 수 있었다. 돈만 있다면. 이모가 장례식 내내 그렇게 슬피 울었던 건 엄마의 죽음이 돈 때문이라고 생각했기 때문이다. 돈에 걸려져 허망하게 가버린 동생이 불쌍해서 견딜 수 없었다. 자신의 삶이 동생과 별반 다를 게 없다는 걸 알고 있던 이모는 엄마를 묻으며, 마치 제 머리 위에 흙이 떨어지는 공포를 느꼈을지도 모른다.

 "언니, 미안해. 내가 미리 말을 해야 했는데. 거기서 또 그럴 줄은 몰랐지. 나는 그냥 언니 목소리라도 들으려고 전화한 거야. 언니. 내 얘기 듣고 있죠? 언니. 우리 엄마 또 무슨 얘기 한 거 없어요? 있으면 얘기해줘요. 내가 아주 속상해서 죽겠어. 그렇게 진지하게 돈 얘기를 한다니까. 엄마는 왜 하필이면 돈에만 집착하는지 몰라."

 전화를 끊자, 한숨이 나왔다. 폭력적인 허기가 찾아왔다. 뜨겁게 데운 뭇국을 먹었다. 뱃속이 요동쳤다. 엄마가 없어도 잘 먹는 사람들을 이해하지 못했는데, 나도 그들과 별반 다르지 않았다. 진아 엄마와 철희 엄마도, 큰이모도 각자의 방식대로 엄마의 죽음을 애도하고 있었다. 내 슬픔만 대단한 것이 아니었다. 밥을 먹고, 믹스커피를 마시며, 힘을 짜내어 곡소리를 내며 죽은 이를 애도하고, 살아 있음에 감사한다. 떠난 사람은 말이 없고, 남겨진 자들에겐 그들만의 그림자가 있었다. 살아간다는 건 배가 고프다는 말이고, 밥을 먹어야 살아난다. 살아진다.

 한 달 전에 엄마는 장아찌를 두 통 했다. 엄마는 아주 오래 살 생각이었을 것이다. 김장김치를 하고, 장아찌를 담가서 김치냉장고를 꽉 채워 넣으며, 임신한 딸에게 갖다줄 생각도 했겠지. 트럭 위에서 날아갈 줄도 모르고, 사람들에게 마늘만 팔면 갚겠다며 돈을 꾸었다. 아니다. 엄마는 내일 죽을지라도 오늘을 사는 사람이었다. 다가올 날을 걱정하는 것보다 당장 할 수 있는 일을 하는 게 엄마였다. 아무리 바빠도 끼니때마다 밥을 새로 했다. 금방 한 하얀 밥만 있으면 김치에 밥 한 공기를 먹는다. 엄마의 부엌에서 엄마의 밥솥으로 만든 밥을 엄마가 만든 장아찌에 먹었다. 모든 것이 있는데, 엄마만 없었다. 그리고 갚아야 할 오백만 원도 사라졌다. 동네 삼촌들에게 갚아야 할 돈이 있지만 그건 아버지에게 맡길 생각이다. 할 수 있는 것만 해도 된다. 할 수 없는 일에 매달려 살고 싶지 않았다. 아버지도 이제 그걸 알아야 한다. 엄마는 평생 양쪽에 무언가를 올려놓고, 일의 경중을 따져가며 균형을 맞춰 살았다. 한쪽으로 기울어지면 몸도 마음도 기울어진다. 내려가기는 쉬워도 올라오는 건 어렵다. 그게 뭐든지 간에. 엄마의 시소는 이제 멈췄다. 고군분투하며 살다 환갑도 되기 전에 비닐포대와 함께 날아가 버린 엄마. 죽음과 동시에 짐을 내려놓고 황망하게 가버린 엄마. 그리고 내가 있다. 산 사람은 살아야 한다. 다시는 먹을 수 없는 엄마 밥을 먹으며 나는 아이처럼 꺼이꺼이 울기 시작했다.

# 가려진 말

나 자신의 가치와
외부의 평가 사이에서
길을 잃지 않으려면
스스로가 어떤 사람인지
누구보다 제대로 알아야 한다.

- 쇼펜하우어 -

치약이 왼쪽 엄지발가락 위에 떨어졌다. 반쯤 남은 치약이 발가락을 찍었다. "악" 소리가 절로 나왔다. 변기에 걸터앉아 발가락을 본다. 말짱하다. 그런데 아프다. 발을 뗄 엄두가 나지 않는다. 몇 분이나 지났을까? 화장실 냉기가 올라와 팔에 소름이 돋았다. 조심스레 일어나 발을 디뎠다. 눈물이 찔끔 나게 아프다. 다시 앉았다. 팔을 문질러 소름을 쓸어냈다. 왼쪽 엄지발가락에 집중하며 천천히 걸어서 화장실을 나왔다. 종일 이불을 깔아놓은 방바닥은 뜨끈했다. 이불을 걷고, 발을 집어넣었다. 여전히 아팠지만, 살 것도 같았다.

 어렸을 때 살던 집에는 아궁이가 딸린 작은 방이 있었다. 엄마는 검은 무쇠솥에 물을 가득 붓고 불을 지폈다. 60초 백열

등 아래서 눈물을 흘려가며 불을 땠다. 아궁이의 불은 자꾸 밖으로 나오려 했고, 그럴 때마다 엄마는 부지깽이로 불을 쑤셔 넣었다. 안으로 들어간 불은 방바닥을 데웠다. 나는 배가 자주 아팠다. 배가 아플 때마다 바닥에 배를 대고 누워 통증이 지나가길 기다렸다. 배를 쥐어 잡고 인상 쓸 때마다 엄마는 걱정인지 야단인지 모를 말을 했다. 엄마는 내가 성질이 더러워서 아픈 거라고 했다. 웬만하면 넘어갈 일에도 이치를 따져가며 말대꾸하는 딸을 보며 한숨을 쉬었다. 성질을 죽여야 산다고 했다. 성질대로 살면 배알이 꼴려 너만 힘들다고 하면서 속에 담아두지만 말고, 잊을 건 잊고 지나간 건 지나간 대로 놔두라고 말했다. 그냥 좀 넘어가면서 살기도 하는 거라고 했다. 엄마는 가족들이 씻을 물을 데우면서 죽을 쒔다. 물과 쌀로만 끓이는 흰죽은 불 조절이 중요했다. 끓기 시작하면 불을 줄이고 계속 저어야 한다. 신경쓰지 않으면 바닥이 금방 눌어버린다. 들여다보며 천천히 쉬지 않고 저어야 폴폴한 죽이 된다. 엄마가 빨간 꽃이 그려진 은색 스댕 밥상에 죽그릇과 간장 종지를 올리고 방에 들어왔다. 화장실에 들락날락하느라 진이 빠진 나를 보며 먹어야 힘이 난다고 했다. 먹고 싶지 않다고 하면 먹고 나서 자라고 했다. 숟가락으로 간장을 떠서 죽에 한 바퀴 두르고 후후 불며 먹었다. 더운 바닥에 누워도 배만 차가웠는데, 먹고 나면 온기가 손끝까지 퍼졌다. 몸이 노곤해지고 꼬였던 배설이 풀리면서 잠이 왔다.

 손발이 유난히 차가운 나는 어른이 돼서도 자주 배가 아팠다. 남편은 안방에 침대를 놓자고 했지만, 나는 온돌이 좋았다. 이불을 깔고 잔다고 했을 때, 남편은 이해가 안 되는 표정이었다. 보일러를 틀고 이불을 깔면 종일 바닥이 따뜻했다. 배가 아프거나, 추울 때, 돌아가신 엄마가 보고 싶어질 때면 이불속에 들어갔다. 무거운 이불을 덮고 몸을 웅크렸다. 답답한데 편안한 이불 속에서 천천히 숨을 쉬었다. 견디며 살다 보면 살아질 날이 온다고 하길래 믿었다. 언제든 이불을 걷고 일어나면 된다. 할 수 없는 것이 아니라 안 하는 것이다.

*

 왼쪽 엄지발가락의 발톱 끝이 바늘로 찌르는 것처럼 따끔거렸다. 콕콕콕 쑤시다 잠깐 쉬고 다시 콕콕콕. 작고 단단한 누군가 엄지발가락에 올라가 있는 것이 분명했다. 반응을 살피며 딱 견딜만한 통증을 준다. 눈에 보이지 않지만, 선명하게 느껴지는 발가락의 통증이 그 증거다. 그때 화장대에 있던 핸드폰이 울렸다. 이불 속에 있던 발을 꺼내자 발목에 선뜻하게 바람이 들었다.

"엄마, 어디야?"

"집."

"왜 집이야? 나 끝났는데."

"벌써?"

낭패다. 시간이 이렇게 된 줄 몰랐다.

"알았어. 지금 갈게. 조금만 기다려."

"아, 진짜."

아이의 말투가 거슬렸지만, 물고 늘어질 시간이 없었다. 양말을 신으며 발가락을 살폈다. 부풀어 오르거나 긁힌 자국 하나 없었다. 치약이 떨어져서 아프다고 말하면 누가 믿을까. 거스름 하나 없이 깨끗했지만, 바늘로 찌르는 것 같은 통증은 여전했다. 약간의 불편함을 느끼며 딸을 학원에 데려다주고 돌아오니 저녁을 준비할 시간이었다. 쌀을 씻는데 왼쪽 눈이 따끔거렸다. 몇 번 눈을 깜빡거리다 말고 거울 앞에 서서 손으로 눈을 뒤집었다. 작은 눈썹 하나가 안으로 나 있었다. 난감

했다. 뽑아야 하나. 손가락으로 눈언저리를 눌렀다. 다시 눈을 깜빡였다. 괜찮은 것 같았다. 부엌으로 돌아오는데, 악 소리가 났다. 괜찮지 않았다. 거슬렸다. 걸을 때마다 시큰거리는 왼쪽 엄지발가락이, 왼쪽 눈썹이, 가만히 있을 거냐며 찌른다. 자꾸 찌르는 것을 참는다. 참는 것도 한계가 있다는데, 아직은 견딜 만했다. 나만 아는 아픔은 삭히면 된다. 튀어나오는 비명은 입을 막고, 쪼그라진 몸은 바닥에 배를 내고 누워 이불 세 개를 덮는다. 새어 나오지 못하게 막고 막는다.

"김수정이라고 알지?"
저녁을 먹으며 남편이 무심하게 말을 꺼냈다. 관심 없는 척 이름을 되물었지만, 가슴은 이미 뛰고 있었다. 티가 나면 안 된다. 아무것도 모르는 척 해야 한다.
"김교수 말이 학교 다닐 때 당신이랑 친했다고 하던데?"
남편이 고사리육개장을 먹으며 입을 쩝쩝거린다. 번들거리는 입술, 쩝쩝 소리, 김수정, 김교수, 학교. 엄지발가락을 찌르는 바늘이 늘어났다. 안으로 들어간 눈썹이 눈을 자꾸 찌른다.
"어, 그 김수정? 알지."
"언제 한 번 저녁이나 같이 먹자고 하는데 괜찮지?"

남편의 쩝쩝 소리가 커진다.

"시금치도 좀 먹어."

딸 앞으로 접시를 옮겼다.

"내가 알아서 먹을게."

밥과 찌개만 먹고 딸은 일어섰다. 어제와 별반 다를 게 없는 저녁이었다. 어제와 다른 건 발가락의 통증과 왼쪽 눈의 따가움뿐이다. 유리 조각 위를 걷는 것 같다. 뭍에 나온 인어공주처럼. 인어공주는 사랑하는 왕자를 죽이지 못해 비눗방울이 되었다. 내가 인어공주라면 왕자의 가슴을 찔렀을 것이다. 한 번에 깊숙이 찌르고, 죽어가는 왕자의 눈을 감겨주며 사랑한다고 말하겠다. 아닌가?

\*

수정이가 나와 친하다고 남편에게 말했다. 우리가 친한 사이였나? 오래전 일이 어제처럼 떠올랐다. 지옥같던 수능이 끝나고, 수정이와 나는 약속한 대로 같은 학교, 같은 과에 원서를 넣었다. 수정이는 정시에 합격했고, 나는 대기자 명단에 있었다. 합격이 확정되자 수정이는 나보다 더 기뻐하며 좋아했다.

수정이와 자취한다고 말하자 엄마는 얼굴을 찡그렸다. 왜 기숙사에 들어가지 않느냐고 물었다. 수정이와 저녁을 먹는 내내 엄마는 세상의 무서움을 말하며, 조심하라고 당부했다. 둘이 알아서 한다는 말을 듣고, 안전한 집을 알아보라고 신신당부했다. 수정이와 살 집을 고르고, 가격을 흥정하고, 작고 가볍고, 예쁜 살림살이들을 고르는 동안 우린 계속 웃기만 했다. 소꿉 장난같은 시간이었다.

 클린 하우스 앞에서 너는 누군가 버린 흔들의자를 손으로 만지며 말했다.
"쓸만한데 왜 버렸을까?"
"버릴만하니까 버렸겠지."
"보기엔 멀쩡한데. 여기 있기엔 아깝다. 우리 집에 가져가자."
"남이 쓰다 버린 걸 가져가서 뭐하게? 놓을 데도 없어."
"가져가자. 리폼하면 예쁠거야. 너 리폼 잘하잖아. 응? 하얀색으로 칠하고, 예쁜 쿠션 깔자. 책도 읽고, 커피도 마시고, 어때? 괜찮겠지?"
 너는 유독 신나 보였다. 너는 하고 싶은 것이 있으면 꼭 해야

만 했다. 그것이 어떤 결과를 가져올지는 깊이 생각하지 않았다. 너 외의 다른 것들은 너를 둘러싸고 저마다의 궤도에 따라 움직였다. 너는 스스로 빛나고 열을 내는 존재였다. 나는 너의 주위를 돌고 있는 한 개의 행성일 뿐이었다. 빛나는 너를 보는 게 좋았다. 그래서 도는 것을 멈추지 못했다. 둘이 낑낑대며 옮긴 후에야 의자가 밖에 있는 이유를 알았다. 의자에 앉고, 움직일 때마다 삐그덕 삐그덕 소리가 났다. 왼쪽 다리가 오른쪽 다리보다 짧아서 몸이 왼쪽으로 기울어졌다. 앉은 사람만 아는 미묘한 차이였다. 너는 괜찮다고 했고, 나는 다시 갖다 놓자고 했다. 너는 폭신한 쿠션을 깔고 앉았고, 나는 한 번도 앉지 않았다.

  너를 만나면 묻고 싶은 말이 있었다. 가까운 사람에게는 함부로 해도 되는지, 제일 친한 친구라고 말하면서 너는 나에게 왜 그랬는지 알고 싶었다. 답을 아는 사람은 너뿐이었다. 그리고 너는 내가 묻기도 전에 사라졌다. 문제 앞에서 피하고 외면하는 것은 네가 제일 잘하는 일이었다.

*

"당신도 화장을 좀 하고 다니지 그래?"

저녁을 먹고, 키위를 깎아서 거실에 가져다 놓는데, TV를 보던 남편이 말을 꺼냈다.

"집에만 있는데 뭐하러."

"집에만 있어도 사람이 풀어지기 시작하면 한도 끝도 없으니까."

"갑자기 왜 그래요?"

포크를 들던 남편과 눈이 마주쳤다. 남편의 눈을 똑바로 본 것이 얼마만인지 모르겠다. 이 사람도 나이를 먹는구나. 유난히 크고 깊었던 눈자위는 세월이 흐르면서, 누군가 파 놓은 것처럼 움푹 들어갔다. 외국 남자처럼 눈이 깊어서 좋았는데, 눈 아래가 꺼지면서 나이보다 더 늙게 보였다. 당신도 늙는구나. 세월은 공평하구나.

"내일 김교수 부부와 저녁 먹기로 했어. 김교수 남편이 유명한 건설업자라네. 알아둬서 나쁠 건 없지 혹시 알아? 좋은 물건 있으면 어떻게 해 줄지? 고등학교 때부터 친하게 지냈다며? 왜 결혼식에서는 못 봤지?"

"친하긴. 뭐. 연락 끊긴 지 오래됐어. 나도 걔 결혼식에 안 갔어요. 근데 모임에 꼭 가야 돼? 가기 싫은데."

"시내에 유명한 오마카세집을 예약했대. 당신 회 좋아하잖아. 오랜만에 분위기나 내 보자구."

"분위기는 무슨. "

 말을 마친 남편이 고개를 텔레비전으로 돌렸다. 그만하자는 표시다. 여기서 더 나가면 서로 얼굴을 붉히게 된다. 20년이 넘는 결혼 생활 동안 우리가 만든 신호등이다. 고개를 돌리면 말을 멈춘다. 뒤통수에 대고 말을 쏟아내는 건 신호 위반이다. 가끔 신호를 무시하고 싶을 때가 있다. 멈춰야 할 때 달리면? 달려야 할 때 멈추면? 눈을 똑바로 보면서 듣기 싫은 말을 쏟아부으면 남편은 어떤 표정을 지을까?

*

"말을 해야 알지. 너도 참 답답하다. 말하지 않는데 어떻게 아니? 내가 무슨 도사야? 보살이야? 관심법으로 마음을 뚫어 보게. 입은 밥 먹을 때만 쓰라고 있는 게 아니라니까. 말을 해. 좀."

 너와 같이 살면서 나는 점점 말을 하지 않았다. 너의 머리카락을 화장지로 쓸어 담으며, 네가 열어놓은 화장품 뚜껑을 닫으며, 이렇게 사소한 것까지 말을 해야 하나 생각했다. 기본적인 것까지 말하기 시작하면 한도 끝도 없을 것 같았다. 너는 나에게 말을 강요했고, 답답하다는 말을 아무렇지 않게 했다. 연락 없이 들어오지 않는 날이 생기기 시작했다. 너를 기다리는 밤이면 모진 벌을 받는 것 같았다. 작은 바람에도 유리창은 크게 흔들렸다. 텔레비전 볼륨을 높이면 밖에서 나는 소리가 들리지 않을까 두려웠고, 볼륨을 낮추면 사람들의 발자국 소리가 크게 들렸다. 그런 날은 까무룩 잠이 들곤 했는데, 짧은 잠에도 어지러운 꿈을 꾸었다. 다음 날 네가 아무렇지 않은 얼굴로 집에 들어와 종알거리면 그제야 마음이 놓이고 잠이 쏟아졌다.

그 일이 있고 나서 한참 후에 너를 만났을 때도 너는 여전히 당당하게 말했다.
"몰랐어."
몰랐다는 말이 무슨 소용이 있을까? 몰랐다고 말하면 다 되는 것일까?
"정말이야. 네가 말을 하지 않았는데 어떻게 알겠어? 말을 하지 그랬니? 힘들었다고 그 사람이 자꾸 찾아와 도망다녔다고 말했다면, 내가 어떻게든 도와줬을 텐데."

 마지막으로 만났을 때 너는 목소리를 높였다. 마치 나에게만 일어난 일인 것처럼 구는 너를 보며 말을 꺼낸 것을 후회했다. 너는 약간 변한 것도 같았다. 너를 둘러싼 껍질이 더 단단해졌다. 내가 하는 말이 네 앞에서 툭툭 떨어졌다. 나의 말은 너에게 닿지 못했다.

"지난 일이잖아. 설마 아직도 마음에 품고 있는 건 아니지?"

 아직도 꿈을 꾼다고 하면 너는 왼쪽 입꼬리를 살짝 올리고 난 뒤 눈을 동그랗게 뜨며 정말? 하고 말하겠지? 반듯한 이마에 인상을 쓰면 주름이 잡힐까? 너는 이마가 넓은 게 고민이라고 했지만, 세수할 때마다 드러났던 매끈한 이마가 부러웠다. 자신에게 있는 것은 당연하게 생각하면서 의식하지 못하고, 자신에게 결여된 것만 강하게 의식하는 것은 인간의 본성일까? 네가 있어서 고민이라고 말하는 것들은 모두 내가 갖고 싶은 거였다.

 너는 정말 아무렇지 않구나. 나만 힘든 일이었구나. 그렇겠지. 네가 집으로 들어가 몸을 숨기고 있을 때, 그 남자가 찾은 건 나였으니까. 네가 말해 준 내 이름을 부르며 밤마다 찾아오는 그를 피해 어떤 짓을 했는지 알면 달라질까? 무슨 말을 해야 할까? 말이 손에 잡히지 않는다. 마음에 드는 말이 없다. 적당한 말, 딱 들어맞는 말, 핵심을 찌르는 말, 너를 꼼짝 못 하게 해서 입을 막아버릴 말을 찾지 못했다. 그래서 아무 말도 하지 않았다. 할 말이 없는 게 아니었다. 말이 쌓이고 쌓여 딱딱하게 굳어졌다. 어떤 말은 몸으로 온몸으로 나온다는 것을 너는 모른다. 귀에 들리는 말에만 집중한다. 네가 모르는 것을 나는 알고 있다. 그날 그 자리에 없었던 너는 어떤 말도 하면 안 된다. 너라면 만일 내가 아니라 너라면 그 순간에도 말을 했을까? 소리를 지르고 사람들을 불렀을까? 너의 날카로운 비명이 들리면 그가 깜짝 놀라 도망쳤을까? 처음에 들어왔던 대로 얕은 담을 넘어 허겁지겁 달렸을까? 그랬다면 너에게 아무 일도 생기지 않았을 것이고, 한바탕 소동을 벌인 후라 진이 빠진 너는 누워 새근새근 잠을 잤을까? 그 모든 것이 말을 하지 않아서 생겼다며 너는 화살을 나에게로 돌렸다. 말을 하지 않은 나. 아무 말도 하지 못한 나. 그저 짐승처럼 억억 소리를 냈던 나. 사람의 몸에서 나오는 소리같지 않은 소리를 냈던 나.

 너에게 무슨 일이 있었는지 모른다. 아닌가? 알고 있었을까? 그에게 내 이름과 학교를 알려준 것은 네 입이다. 너는 그에게 나를 던져주고, 사라졌다. 너는 한 번의 불행으로 끝났지만, 나는 그 안에 갇혀 나오지 못했다. 너를 찾아온 사람이었다. 너에게 일어난 일이었다. 그런데 왜 너는 내 이름을 그에게 말해줬을까? 평소의 너라면 불행조차 경험담처럼 떠벌렸을텐데, 어쩌면 너도 겁을 먹었는지 모른다. 그가 너의 이름을 물었을 때, 너는 두려웠을 것이다. 그렇다고 너의 이름 대신 나의 이름을 가르쳐 준 것이 용서되지 않는다. 너에게 나는 그 정도밖에 안 되는 사람이었다. 배고픈 개에게 고기를 던져주듯 너는 내 이름을 그에게 던졌고, 그는 덥썩 물었다. 물고 늘어졌다. 욕구가 채워질때까지. 순간을 모면하기 위해 너는 나를 팔았다. 그 생각만 하면 참을 수 없이 화가 났다. 그가 나를 할퀴고 뭉개고 물어뜯을수록 고통보다 분노가 앞섰다. 너를 용서할 수 없었다. 그 모든 것이 말할 수 없는 비밀이 되어 입을 막았다. 나는 입이 있어도 말할 수 없는 사람이 되었다. 그러므로 너는 내 앞에 나타나서는 안 되는 사람이었다. 네가 그렇게 만들었다.

*

 너와 같이 살기 시작하면서, 우리는 자주 다투었다. 그날도 너와 싸우고 나서 집을 나왔다. 엄마와 저녁을 먹다 보니 시간이 늦어졌다. 막차를 타는 게 싫어 자고 가기로 했다. 일부러 너에게 연락하지 않았다. 한 번은 나도 화가 났다는 것을 보여주고 싶었다. 너는 마음에 들지 않으면 자주 밖에서 자고 왔다. 나도 그럴 수 있고, 바람막이가 되는 집이 있다는 것을 말해주고 싶었다. 그래서 연락해야지 하면서도 연락하지 않았다. 네게 그런 일이 일어났을 때 나는 엄마와 함께 자고 있었다. 엄마가 아침에 밭일을 도와달라고 해서 일을 마치고, 자취방에 돌아온 게 저녁 무렵이었다. 깔끔하게 치워진 방에서 너를 기다렸다. 전화도 쪽지도 없어서 아직 화가 안 풀렸구나. 생각했다. 네가 들어오면 먼저 사과해야지. 했는데 너는 10시가 넘어도 들어오지 않았다. 방문을 잠그고 일찍 잠자리에 들었다. 누군가 방문 손잡이를 돌리고 있었다. 조심스럽게 집요하게 둥근 손잡이가 안으로 잠겨 있는 방문을 열기 위해 애를 쓰는 소리가 들렸다. 처음에는 꿈인가 싶었지만, 손잡이가 돌아가는 소리는 꿈이 아니었다. 불을 켜지 않은 방에 누워 안으로 들어오려는 사람의 안간힘을 들었다. 두렵고 무서웠다. 옆방에 사는 사람들은 나와 비슷한 시간에 들어왔다. 너는 열쇠를 가지고 있다. 우리 집에 나를 찾아올 사람은 없었다. 그렇다면 문밖에서 문을 열려는 누군가는 누구란 말인가? 나만 들리게 내 이름을 부르며, 안으로 들어오려는 저 사람은 도대체 누구란 말인가?

  네 말이 맞았다. 나는 "누구세요."라고 크게 소리를 질러야 했다. 그랬다면 그는 방문을 돌리던 손을 멈추고, 잠금장치가 고장 난 현관문을 열고, 얕은 담을 넘었을 것이다. 왜 그랬을까? 두려움에 떨면서도 나는 불을 켜고 일어나 문을 열었다. 밖에 있는 사람이 내 이름을 정확하게 불렀기 때문이다. 나를 아는 사람이라면 무서운 사람은 아닐 것이라 생각했다. 갑자기 용건이 있어서 찾아올 수도 있었다. 문을 여는 순간 검은 몸뚱어리가 들어 왔다. 모르는 사람이었다. 너무 놀라면 아무 말도 하지 못한다. 몸을 움직일 수 없다. 냉동 생선처럼 눈을 뜬 채 얼음이 되었다. 그 사람도 놀라긴 마찬가지였다. 그는 내 이름을 부르며, 내가 어디갔냐고 물었다. 나는 무슨 말인지 몰라 대답하지 못했다. 정신을 먼저 차린 건 그였다. 뒤로 손을 뻗어 방문을 잠근 그가 나를 밀쳤다. 넘어졌다. 아프지 않았다. 어떤 고통도 느껴지지 않았다. 벌벌 떨며 꿈이라면 얼른 깨기를 바랬다. 현실일 수 없는 일이었다. 현실이면 안 된다. 크고 무거운 그의 몸이 내 입을 막고, 내 몸을 누르고, 막무가내로 안으로 들어왔다. 눈을 감아도 눈을 떠도 세상은 어두웠다.

*

"언니, 수정 언니, 교수 된 거 알아요?"

오랜만에 전화를 걸어온 후배가 호들갑을 떨었다. 대학 때부터 용건이 있을 때만 찾아왔던 후배였다. 할 말이 끝나면 미련 없이 자리를 떴다. 대학을 졸업하고, 각자의 길을 가면서도 종종 전화를 걸어왔다. 시간이 맞으면 밥을 먹거나 커피를 마셨다. 주로 후배가 말하고, 나는 들었다. 들으며 생각했다. 어쩜 저렇게 오만가지 세상사에 관심이 많을까. 그것도 능력이라면 능력이었다. 자주 만나면 피곤하지만, 가끔 만나 이런저런 얘기를 듣는 것은 나쁘지 않았다. 후배의 입에서 수정이의 이름이 나왔다. 뜻밖이었지만, 궁금했다. 수정이가 어떻게 살고 있는지, 왜 남편의 입에서 수정이란 이름이 나왔는지, 그보다 수정이는 지금 행복한지 묻고 싶었다.

"응. 들었어."

"와. 진짜 그 언니. 대단하다. 어떻게 교수가 됐지?"

"열심히 했겠지."

"얼마 전에 수정 언니 봤는데, 깜짝 놀랐잖아. 얼굴이 완전 다른 사람이 됐어. 눈이랑 코랑 귀족 수술인가? 뭔가를 했다는데 분위기가 달라졌어. 우리나라 성형기술이 정말 좋긴 좋아."

"그래? 수정이는 원래 예뻤잖아."

"예쁘긴. 언니가 더 예쁘지. 수정 언니는 꾸미기를 잘했고. 근데 이번에는 정말 예뻐졌어요. 주름이 어떻게 하나도 없냐. 고생 안 하고 곱게 나이 든 그런 사람 이미지 알겠죠? 와. 얼굴 딱 보는데 부럽긴 부럽더라. 근데 언니."

"왜? 듣고 있어."

"우리 과에서 민정이만 유일하게 수정이 언니 결혼식에 갔다 온 거 알아요? 민정이가 수정 언니랑 같이 대학원을 다니면서 친하게 지냈대요. 민정이 말이 수정언니 남편이 완전 별루래. 피로연에서 술을 너무 많이 마셔서 분위기 다 망치고 엉망이었대요. 생긴 건 멀쩡한데 입만 열면 깨는 스타일 알겠죠? 도박에, 술에, 여자에 아무튼 완전 쓰레기같이 놀던 사람이 집안 사업 이어받았대요. 결혼하자마자 사모님 소리 듣는다고 부러워했었는데, 속이 속이 아니었나 봐. 언니, 내 말 듣고 있어요?"

후배와의 통화는 마음을 더 무겁게 만들었다. 너의 불행을 원했지만, 막상 너의 소식을 들으니 기분이 좋지 않았다. 네가 말을 하지 않았다며 나를 몰아세운 이후 나는 너와의 인연을 끊었다. 나쁜 기억을 지우려면 너까지 없어져야 했다. 그렇지 않으면 살 수 없었다. 우연이라도 너를 만나고 싶지 않았다. 예전처럼 우리가 친구로 돌아갈 거라는 기대도 없었다. 그런데 왜 갑자기 나타나 친구라고 말하는지 이해할 수 없었다. 너를 남편의 동료로만 대하기로 마음먹었다.

 저녁 모임은 남편의 기대와 다르게 흘러갔다. 수정의 남편이 예약했다는 오마카세 집에서 수정은 하얀 블라우스에 간장을 흘렸다. 만난 지 십 분 만이었다. 회사 대표라며 명함을 건넨 수정의 남편은, 수정에게 칠칠치 못하다며 핀잔을 주어 분위기를 싸하게 만들었다. 주방장이 세제를 묻힌 물수건을 내밀자, 수정은 웃으며 고맙다고 말했다. 그때부터 수정의 남편은 수정이의 지난 잘못들을 늘어놓으며, 이런 여자를 데리고 사는 자신이 얼마나 관대하고 대단한지에 대한 열변을 늘어놓기 시작했다. 상대방의 반응에 상관없이 제 할 말만 하는 사람이었다. 자연산 광어의 쫄깃하고, 고소한 맛이 느껴지지 않았다. 남편이 참치 뱃살을 먹으려는 순간, 기다렸다는 듯이 뱃살

하니까 생각났다며, 듣기 거북한 농담을 꺼냈다. 수정은 말없이 사케를 따라 마셨다. 같은 말이라도 곱게 하는 사람이 있고, 기분 나쁘게 들리는 사람이 있다. 처음 만나서 누군가를 판단하는 것은 경솔한 일이지만, 싸한 느낌은 대부분 틀리지 않았다. 옷차림에 신경쓰고, 말을 가리는 건 다음에 또 만나기 위함이 아니라 그대로 박제되어버릴 자신의 모습을 위함이다. 만일 수정의 남편이 평소보다 행동이 과했다면, 목도리도마뱀처럼 두려움을 느꼈거나 과시용일 것이다. 그것이 아니라 원래 그런 사람이라면 후배의 말이 틀리지 않았다. 남편이 참치 한 조각과 조미김을 앞에 놓으며 눈빛을 보냈다. 언제쯤 갈까? 묻는 것도 같았다. 지루한 시간이 계속되고 있었다.

  수정은 말을 예쁘게 했다. 반응을 살펴 가며 할 말과 하지 말아야 할 말을 구분했다. 처음 만난 상대와 5분만 지나도 호구조사가 끝난다며 친구들은 수정의 친화력에 혀를 내두르곤 했다. 누군가에게 말을 거는 것이 힘들었던 나는 스스럼없는 수정에게 자연스럽게 끌렸다. 수정이가 말을 걸어주면 고마웠다. 그런 수정이가 말을 하고 있지 않다. 10년이 넘는 시간이 흘러 만난 수정은 그래서 낯설었다. 내가 알고 있는 수정이가 아닌 것 같았다. 말이 없는 수정은 상상해본 적이 없었다. 수정이가 말을 걸어오면 대답하는 것에 익숙했다. 수정은 가끔 맞장구를 칠 뿐 적극적으로 대화에 참여하지 않았다. 남편 말로는 학생들에게 인기가 있다던데, 어쩌면 수정은 때와 장소를 가릴 줄 아는 어른이 되었는지도 모른다. 아니라면 남편이 말을 하는 동안에는 입을 다물기도 부부간에 합의라도 하고 것일까? 남편은 상대가 말할 때마다 주부 방청객처럼 호응했다. 경청하고, 중간중간 질문을 던지며 잘 듣고 있다는 것을 몸으로 말하고 있었다. 왜 그렇게까지 하는지 이해할 수 없었지만, 남편의 모습은 자연스러워 보였다. 남편이 학과장이 됐을 때, 골프 실력으로 얻었다는 말이 돌았다. 그런 말은 누가 됐든 듣는 거라며 남편은 신경 쓰지 말라고 했다. 그래서 신경 쓰지 않았더니, 어떤 날은 신경 쓸 일은 또 신경을 써야 한다고 했다.

진정한 신사는 최고의 본보기를 따라 인격을 가꾼 사람이다. 신사의 두드러진 특징은 자신의 인격을 존중한다는 것이다. 남이 아는 인격이 아니라 자기 자신이 아는 자신의 인격을 존중한다. 그리고 자신을 존중하는 것과 똑같이 남을 존중한다. 신사에게 인간은 신성한 존재이며, 따라서 신사는 누구에게나 공손하고, 친절하다. 신사의 검증 기준은 많지만, 그중 가장 확실한 것은 바로 아랫사람에게 어떤 식으로 힘을 발휘하느냐는 것이다. 여성과 아이들을 어떻게 대하는가? 장교가 부하를, 사장이 종업원을, 교사가 학생을, 강자가 약자를 어떻게 대하는가. 그럴 때 자신의 힘과 함께 발휘되는 분별력, 인내력, 친절함이야말로 신사적 인격을 구분 짓는 결정적인 판단 기준이다[1].

오마카세 집에서 일본 술을 마시며 점잖은 체하는 남자들을 보며 문득 얼마 전 읽은 신사에 대한 구절이 떠올랐다. 숙녀가 아닌 나는 남편이 신사이길 바라지 않는다. 다만, 어느 한구석이라도 신사적인 면이 있기를 바란 적은 있었다. 적어도 자신의 부족함을 알고, 고치려고 노력이라도 했으면 좋겠다고 생각했다. 무심코 하는 말처럼 보이지만, 의미가 숨겨져 있는 말들이 오가고 있었다.

말은 어디서 나와 어디로 가는 걸까? 마음에 품고 있는 생각이 입을 통해 나오면 말은 받아들이는 사람에 따라 다른 모양

---

[1] 자조론, 새뮤얼 스마일즈, 비니니스 북스

으로 바뀐다. 어떤 이는 말을 듣고 한쪽 귀로 흘려보낸다. 무거운 말도 가볍게 만들어서 머물지 않게 한다. 말을 곱씹으며 말의 크기를 키우다 자신이 깔려 비명을 지르는 사람도 있다. 어떤 말은 가슴을 후벼파고, 가슴에 박혀 사라지지 않는다.

 매일 되뇌이던 말이 있었다. 만나면 꼭 해 주겠다고 다짐하며 말을 만들어갔다. 하루는 보태고 하루는 덜어내며 말을 날카롭게 갈았다. 밥을 먹고, 잠을 자면서도 잊지 않았다. 잊으면 편하겠지만, 도무지 잊을 수가 없었다. 어떤 일은 시간이 지날수록 더 생생해지기도 한다.

 너는 그날의 일을 말하지 않았다. 스무 살이라는 나이도 한몫했을 것이다. 문단속을 제대로 하지 않아서 당한 것이니 잘못은 너에게 있다고 사람들이 손가락질할지도 모른다. 여름이었고, 좁은 방 안에서 선풍기를 틀어놓고 짧은 반바지를 입었던 너에게 행실을 운운할 수도 있다. 여자 둘이 살고 있다는 것을 굳이 티 내고 다닌 것도, 애당초 인적 뜸한 주택가에 여자 둘이 자취를 한다는 것도 문제라고 말할 수도 있다. 너는 그 모든 말을 듣기 전에 사라졌다. 남자가 처음 담을 넘고 만난 것은 너였다. 처음 보는 사람이 무작정 문을 열고 들어와 날카롭고 번쩍이는 것을 보이며 꼼짝 마. 라고 하면 누구나 말을 잃는다. 아무리 말을 예쁘게 하는 너라도 그 상황에서 남자와 대화를 나누지는 않았을 것이다.

 남자의 폭력적이고 강압적인 짧은 말 앞에서 바르르 떠는 너를 생각한 적이 있었다. 입을 꾹 다물고 견뎠을 너를. 날이 밝기를 기다리며 남자에게 깔린 너를. 남자가 뺨을 툭툭 때리며 이름이 뭐냐고 물었을 때, 잠시 머뭇거렸을 너를. 그리하여 인내심이 바닥난 남자가 손을 높이 드는 순간. 내 이름을 말하는 너를. 아침이 되자 남자는 흡족스런 얼굴로 몸을 일으키며, 다음에 올 때는 이름을 부를 테니 문을 열어달라고 했고, 너는 고개를 끄덕였을지 모른다. 그리고 짐을 쌌겠지. 시골집으로 내려가면서 내 생각은 하지 않았니? 핸드폰이 없었던 때라 연락할 방법이 없었다고? 쪽지라도 써 놓고 가지 그랬어. 한밤중에 남자가 이름을 부르면 절대 문을 열어주지 말라고 언질이라도 해 주었으면 얼마나 좋았을까. 혹시 전날 나와 싸운 것 때문에 화가 나서 그랬던 거니? 너에게 일어난 일을 나때문이라고 생각했니? 그래서 네가 힘들고 괴롭듯 나도 당해봤으면 했니? 너와 똑같은 일을 겪을 것을 알면서 그랬니? 꼭 그래야만 했니?

 너는 모르고 방문을 열었지만, 나는 이름을 부르는 소리에 일어났단다. 남자가 가고 지독한 공포와 함께 너에 대한 참을 수 없는 분노가 찾아왔어. 그렇게 말이 많던 네가, 종일 종알거려도 지치지 않는 네가 정작 말을 해야 할 때 말없이 사라진 것을, 어떻게 해석해야 할지 알 수 없었어. 알 수 없으니 행동을 정할 수도 없었지. 남자는 집요하게 나를 찾아왔어. 이사를 하고, 아르바이트를 옮겨도 이름과 학교를 알고 있는 남자는 어떻게든 나를 찾았고, 비릿하게 이름을 부르며 방문을 두들기면 입술을 깨물며 문을 열었어. 끝을 알 수 없어서 두렵고 힘든 시간이었지. 남자의 마음이 돌아서기만을 바라며 어떤 날은 체념하고 어떤 날은 기도하며 버텼어. 그렇게 살다 보니 어느 날부턴가 남자가 찾아오지 않았고, 그래, 그렇게 살았어. 네 소식을 들을 때마다 며칠 동안 끙끙 앓았어. 너에게 말을 하지 않으려고 애를 쓰며 살고 있었는데, 왜 너는 지금 나타나서 내 이름을 부르는 거니? 수정아.

 근황은 묻지 않을게. 말을 듣지 않아도 표정과 분위기로 알 것 같구나. 네가 짊어진 고통이 보인다고 하면 오만일까 시간이 흐르는 동안에 너는 성숙한 것이 아니라 버텼겠지. 내가 너의 이름을 자근자근 씹으며 견뎌온 것처럼 너도 너만의 방식으로 살았고, 그것이 어떤 일이었든 즐겁지만은 않았을 거야. 그것을 이제 알겠어.

  너에게 전하지 못한 말을 품고 살았다. 현재를 살면서 과거에 머물렀다. 가려진 말은 언제나 내 안에 있었다. 과거 안에서 나오지 못했다. 나올 생각을 하지 않았는지도 모르겠다. 어떤 날은 종일 생각이 안 날 때도 있어서 잊은 것도 같았는데, 또 어떤 날은 뚜렷하게 떠올라 무기력했다. 너를 만나 말을 하면 조금 풀릴 수 있을까 기대한 적도 있었다. 그보다 너의 연락을 기다렸다. 무슨 말이든 해서 아무 일도 아니게 만들고 싶었다. 듣고 싶었다. 너도 나만큼 힘들었다는 말을 그러니까 우리 잊고 살자는 말을. 아무에게도 말하지 말라는 말로 서로를 위로하며 그렇게 너와 공유하고 싶었다. 아무렇지도 않은 척 마주 앉아 아무 말이나 하고 싶지 않았다.

  무언가를 감추기 위해 덧칠을 하면 할수록 얼룩이 생기고 흔적이 남는다. 너의 매끈한 이마와 웃을 때도 주름이 생기지 않는 눈가가 얼룩처럼 보였다. 숨기려고 애쓸수록 더 잘 보였다. 너를 보는 것이 마음 아프다. 너와 나는 다르다고 생각했는데, 네게서 나의 가장 어두운 부분이 보였다. 거울을 보는 것 같다. 치부가 적나라하게 드러나는 것을 원하는 이는 어디에도 없다. 나도 그렇다. 따라서 나는 너를 만나지 않을 것이다. 다시는 너를 궁금해하지도 않겠다. 네가 어디서 어떻게 살든 나와 상관없는 일이다. 너에게 향하던 신경을 끄고, 나에게 집중한다. 너를 통해 나를 보는 것이 아니라 나만 생각한다. 너의 말과 행동은 이제 나를 흔들지 못한다. 그러므로 너는 나에게 아무 의미가 없다. 돌아서면 잊어버리는 그런 사람일 뿐이다. 더 이상 왜 그런 일이 일어났는지 궁금해하지 않겠다. 지금 와서 바뀌는 건 아무것도 없다. 나를 아프게 하는 것은 외부의 힘이 아니라 내 안에 있는 또 다른 나였다. 내가 할 수 있는 유일한 것은 나를 바꾸는 것이다. 너의 이름을 지우고, 너의 기억을 지우고, 지우겠다는 생각조차 사라진다. 엄지발가락의 고통이 사라졌다.

## 작가의 말


 산방산에 구름이 걸리면 비가 내렸다. 까닭 없이 눈물 나는 날에는 바다를 보러 갔다. 옥상에서 밤하늘을 보며, 할 수 없었던 말들을 쏟아냈다. 저녁이면 아궁이에 불을 때며, 소설을 읽었다. 책에는 가고 싶은 그러나 갈 수 없는 세상이 있었다.

 어느 날 문득, 글이 쓰고 싶어졌다. 원고지에 꾹꾹 눌러 글을 쓰고 나면 뭐라도 된 것 같았다. 고된 일상도 책과 글만 있으면 살만했다. 잠이 들면 늘 꿈을 꾸었다. 하늘을 날고, 바다를 건너는 꿈을 꾸고 일어나면, 여기가 어딘가 싶어 눈만 껌벅거렸다.

 기억하고 싶은 순간, 하고 싶었던 말, 시리게 아름다웠던 풍경과 마주할 때마다 글을 썼다. 글을 쓰며 나를 본다. 글을 쓰며 나와 너를 이해한다. 글을 쓸 때 비로소 나는 내가 된다. 말과 기억을 글로 엮어 이야기를 만들었다.

   집이 가까워지면 마음이 놓였다. 부모님과 동생들, 남편과 아이들, 뜨끈한 방바닥, 떠올리는 것만으로 따뜻해지는 말들, 편안한 소파, 포근한 이불, 레이스 커튼, 내가 좋아하는 것들이 가득한 집. 무슨 말을 해도 들어주는 가족들이 있어 무서울 것도 힘든 일도 없었다.

   어린 시절을 같이 했던 동네 친구들, 말을 들어주고 격려해주는 사람들, 새벽 5시마다 만나는 독서 모임의 작가님들, 나보다 나를 더 많이 사랑해주는 사람들 덕분에 '소설가'라는 꿈을 이루었다. 고맙고 감사한 일이다. 살아가면서 천천히 꼼꼼하게 갚을 생각이다.

   전부터 쓰고 싶던 이야기가 있었다. 그걸 먼저 써야 나머지 것들을 쓸 수 있을 것 같았다. 서툴고 부족하지만, 이제부터 시작이다. 이야기는 끊임없이 나올 것이다. 나는 그것을 받아쓰기만 하면 된다. 책과 사람이 있는 한, 글쓰기는 멈추지 않을 것이다. 오래오래 소설가로 살고 싶다.

**당신의 안녕**

**초판 1쇄 인쇄** : 2025년 11월 03일
**초판 1쇄 발행** : 2025년 11월 05일

글 : 문수진
그림 · 북디자인 : 정근아

**출판사** : 건율원
**출판등록** : 신고번호 제 2024-000026호
**주소** : 경기도 양평군 청운면 청운삼성길 64-15
**전화** : 010 9056 9736

(C) 김천기, 문수진, 정근아 2025

ISBN 979-11-989986-3-7

* 이 책의 전부 또는 일부 내용을 사용하려면
  반드시 저작권자와 건율원의 동의를 받아야 합니다.
* 인쇄, 제작 및 유통상에서 발생한 파본 도서는 구입하신 서점에서 교환가능합니다.
* 단체주문을 원하시는 분은 건율원에 문의주기기 바랍니다.